Angie Pfeiffer

Sieben Leben

Angie Pfeiffer

Sieben Leben

Kurzgeschichten

Deutsche Erstausgabe Oktober 2016
© by Angie Pfeiffer
Covergestaltung phoch3
Das Buch ist bereits auszugsweise als E-Book unter dem Titel „Aller guten Morde sind 7" veröffentlicht worden.
Copyright-Hinweis:
Die Texte sind urheberrechtlich geschützt. Nachdruck und Vervielfältigungen, auch auszugsweise, bedürfen der schriftlichen Zustimmung der Autorin.

Herstellung und Verlag:
BoD – Books on Demand, Norderstedt
ISBN 9783741279621

Pläsier d'Amour

Ein Akt von Tierliebe

Die perfekte Frau

Tödliches Schlafwandeln

Schlafe gut, Schneewittchen

Weil ich es kann

Nicht sein Tag

Ein neues Update

Flammendes Inferno

Der Kerl in meinem Bett

Wer bremst verliert

Denken sie an Störtebeker

Die verschwunden Jungfrau

Die fromme Helene

Mörderische Knödel

Die Ewigkeit für uns

Sieben Leben

Das Geisterhaus

Nachtwache

Pulsierendes Rot

Nachtportier

Der Billerbecker Bergteufel

Die Götter, die ich rief

Seelenschwestern

Die gläserne Welt

Pläsier d'Amour

Rosi wusste es genau: Er betrog sie wieder einmal. Gleich, als sie bei der Party von Manfred Amadeus Meier, dem Bürgermeister, vorgestellt wurden, hatten bei ihr alle Alarmglocken geläutet, denn die Bürgermeistersgattin entsprach seinem Raster aufs Genaueste. Wie die ihn angeschmachtet hatte. Das Luder schien genau zu erkennen, dass sie es hier mit einem leichtfertigen Mann zu tun hatte.
„Warum denn so steif, nennen sie mich Lucinda", hauchte sie ihn an, der förmlich in ihrem großzügigen Ausschnitt versank.
Rosi war schnellstens eingeschritten. „Ach sie sind die neue Gattin unseres lieben Bürgermeisters?"
Leicht irritiert schaute das Luder von oben auf sie herab: „Und sie sind?"
„Rosi Armand, Ludger und ich sind schon seit 25 Jahren verheiratet."
Der mischte sich jetzt, sehr zu Rosis Unwillen, ein. „Meine Rosi, das ist schon eine ganz Handfeste", sprach's und tätschelte ihren gut gepolsterten Rücken.
„Ah - ja, man sieht es", Lucinda, das Luder, grinste sowohl anzüglich als auch boshaft. Rosi hätte ihr am liebsten den Inhalt des Sektglases ins Gesicht geschüttet, doch Manfred Amadeus, entspannte, wenn auch unwissentlich, die Situation. „Liebes, ich

glaube du kennst die Lüdtke-Bohmerts noch nicht."
Im Laufe des Abends behielt Rosi ihren Mann gut im Auge, was diesem bewusst zu sein schien, denn er wagte kaum einen Blick in Richtung des Bürgermeisterehepaares.

In der Folgezeit verdoppelte Rosi ihre Aufmerksamkeit, rief ihn öfter als gewöhnlich im Büro an, stand pünktlich zum Feierabend vor seiner Versicherungsagentur.
„Ich hatte solche Sehnsucht nach dir, mein Schnurzel."
Ludger schien sich nicht wohl in seiner Haut zu fühlen, sagte aber nichts. Auch in sexueller Hinsicht versuchte Rosi, ihn voll und ganz zufrieden zu stellen. Sie schlüpfte des Abends in die gewagtesten Dessous, dachte sich ungewöhnliche Stellungen und neue Rollenspiele aus, doch schien ihn ihr Verhalten eher zu irritieren als anzuturnen. Er verzog, wenn sie im kleinen Durchsichtigen das Schlafzimmer betrat, genervt das Gesicht, drehte sich auf die Seite und schnarchte bald vor sich hin.
Alle ihre Bemühungen blieben umsonst. Zunächst schob er Überstunden vor: „Die Arbeit häuft sich, mein Rosenresli. Zudem muss ich immer mehr Kundenbesuche machen, die Kundschaft heute ist halt anspruchsvoll!"
'Ja, sicher. Lucinda, das Luder, wird dich

schon auf Trapp halten', dachte sie und durchsuchte heimlich seine Kleidung, fand auf dem Revers seines Saccos tatsächlich ein blondes, langes Haar. Als nächste Demütigung dachte er sich eine mehrtägige Fortbildung aus. „Es ist wichtig, dass ich auf dem Laufenden bleibe, mein Schatz."

Ihr Angebot, ihn zu begleiten ignorierte er. Natürlich, denn er würde sicherlich in blonder Begleitung sein. Rosie hielt es nicht länger aus, musste sich vergewissern. Also verabschiedete sie ihn liebevoll, schließlich sollte er keinen Verdacht schöpfen, und folgte ihm einen Tag später nach Bad Zwischenahn.

„Dieses Hotel ist das perfekte Liebesnest. Für wie blöd hält er mich", murmelte sie vor sich hin, während sie das ‚Romantikhotel Jagdhaus' ansteuerte, doch zu ihrem Erstaunen fand das von ihm erwähnte Seminar tatsächlich hier stattfand. So parkte sie den Leihwagen unauffällig hinter dem Hotel.

Bevor sie ausstieg, musterte sie sich noch einmal im Spiegel und lächelte zufrieden. Mit der dunkelblonden Perücke und ihrer supergroßen Sonnenbrille würde sie niemand erkennen. Festen Schrittes betrat sie die Lobby und prallte entsetzt zurück. Auf dem Sofa einer gemütlichen Sitzgruppe rekelte sich die Bürgermeistersgattin, während Ludger an einem Aperitif nippte, eifrig auf sie einredete und immer näher rückte. Wahrscheinlich schmiedete das Pärchen Pläne für den Abend. Rosi ging hinter einer künstlichen Palme in Deckung und beobachtete, blutenden Herzens, das traute Téte-á-téte. Jetzt hob auch Lucinda ihr Glas und stieß mit Ludger an, nicht ohne ihm tief in die Augen zu schauen. Das war einfach zu viel, Rosi machte auf dem Absatz kehrt und stürmte, blind vor Tränen aus der Lobby.

Auf der Rückfahrt, wieder einigermaßen gefasst, überkam sie ein unbändiger Hass auf ihren untreuen Ehemann. Was hatte sie nicht alles für ihn getan, alles gegeben. Trotzdem trieb er es mit diesem blonden Luder und gaukelte ihr, die anständig bis auf die Knochen war, eine reine Liebe vor. „Das wird er büßen", murmelte sie vor sich hin.

Zu Hause angekommen schmiedete Rosi eifrig Pläne und wartete auf den späten Abend, an dem sie ihn anrufen wollte.

„Hier Ludger Armand", meldete er sich etwas atemlos. Sie glaubte an ihrem Hass zu ersticken, malte sich die Szene in allen Einzelheiten aus: Lucinda lasziv auf dem Bett und Ludger …

"Hallo, wer ist denn dort? Bist du das, Rosenresli?", unterbrach er ihre Gedanken.

Sie räusperte sich, zwang sich zur Freundlichkeit. „Ja, ich bin es, mein Schnurzel. Ich will dich gar nicht lang' stören. Will nur

wissen, wann du morgen Heim kommst. Weißt, ich möchte uns ein schönes Menü zaubern, zur Feier des Tages ...", sie verstummte abrupt, horchte auf Hintergrundgeräusche. Das Luder schien sich bemerkenswert in der Gewalt zu haben, denn es war nichts zu hören. Ludger klang erfreut. „Aber du störst doch gar nicht."
'Lügner, Mistkerl', dachte sie, gurrte jedoch. „Ach Schnurzelchen! Kannst du mir eine genaue Uhrzeit nennen?"
„Ich werde versuchen ganz pünktlich zu sein. So bis 20 Uhr müsste ich's schaffen. Falls mir etwas dazwischen gerät, melde ich mich rechtzeitig bei dir."
„Wage es nicht irgendwo dazwischen zu geraten", der Satz war raus, noch ehe ihn hinunterschlucken konnte.
Er lachte dröhnend. „Das ist mein Rosenresli, wie es leibt und lebt. Ich freue mich auf dich. Bussi-Bussi."

Am nächsten Morgen wachte Rosi ausgeschlafen und gut gelaunt auf. Nach einem kräftigen Frühstück machte sie sich daran, alle Utensilien für ihren Plan zusammenzusuchen. Einen festen Strick und einen Stuhl fand sie in der Garage. Der alte Küchenstuhl ächzte zwar schon ein wenig, aber für ihre Zwecke würde er reichen. Was sollte sie die neuen Stühle verschandeln, wo es das alte Ding auch tat. Jetzt musste sie nur noch einen schönen festen Ast am Apfelbaum suchen. Prüfend sah sie sich um. Ja, dieser Ast erschien ihr perfekt und hatte zudem die richtige Höhe. Zur Probe platzierte sie den Stuhl darunter, hievte sich hinauf und schaute sich triumphierend um.

Jetzt musste sie nur noch ein delikates Abendessen vorbereiten, das wollte sie zusammen mit Ludger genießen, wenn dieser sie gerettet und angemessen getröstet hatte. Sie würde ihn leiden lassen, ihm vor Augen führen, dass er sie fast getötet hätte. Sie malte sich aus, wie er auf den Knien vor ihr lag, ihre Hände, noch besser die Füße, küsste und um Verzeihung wimmerte.

„Verzeihen ja, aber vergessen nie", würde sie ihm entgegenschmettern.

Rosi gönnte sich noch ein Gläschen Sekt, bevor ihr großer Augenblick nahte. Sie hatte das mit Pailletten bestickte Kleid angezogen, sich zurecht gemacht und sah auf eine tragische Weise gut aus.

Schon bog der Wagen in die Auffahrt. Rosi stellte sich auf den Küchenstuhl und legte die gut befestigte Schlinge um den Hals. Sie ging probeweise kurz in die Knie, der Stuhl knarrte protestierend, das Seil spannte sich. Doch wo blieb Ludger?

Endlich stieg er aus, in den Händen einen großen Blumenstrauß. Rosi gab ein gekonntes Ächzen von sich und ging noch einmal leicht in die Knie. Wieder knarrte der Kü-

chenstuhl. Er hatte sein Leben lang jede Last getragen, doch jetzt kapitulierte das Möbel, brach schier unter Rosi weg.
Ludger drehte sich, ob des Geräusches, verblüfft um, ließ den Strauß fallen, spurtete zum Apfelbaum und fing seine Frau im letzten Moment auf. Er zögerte, hielt sie einen Augenblick lang fest. Dann tat er einen entschlossenen Schritt rückwärts und ließ sie los. „Wenn das dein Wille ist", murmelte er.
„Mist", das war Rosis letzter Gedanke.

Der Sarg polterte unsanft in die Grube, einem der Träger war das Band aus den Händen gerutscht. Ludger zuckte zusammen, trat dann vor und ließ eine Schaufel voller Sand auf den rosengeschmückten Sarg rieseln. Manfred Amadeus klopfte ihm bürgermeisterlich und sichtlich bekümmert auf die Schulter und auch Lucinda drückte ihm mitfühlend den Arm.
Beim anschließenden Kaffeetrinken setzte sich das Pärchen zu ihm. „Lucinda hat mir berichtet, dass sie sich kurz vor dem Unglück zufällig in Bad Zwischenahn getroffen haben und das Kulturförderungsprogramm besprochen haben. Dieses Thema liegt meiner lieben Frau sehr am Herzen." Unvermittelt stand Manfred Amadeus auf. „Entschuldigung, dort sehe ich gerade Herrn von der Lendt..."
Lucinda beugte sich zu Ludger hinüber, wo-

bei sie ihm einen großzügigen Einblick in ihr, auch in Trauerkleidung bemerkenswertes Dekolleté gewährte.

Mit einem gekonnten Augenaufschlag raunte sie: „Ich weiß, dass sie sehr viel Rücksicht auf die teure Verstorbene genommen haben. Vielleicht können sie jetzt etwas mehr Zeit für mich erübrigen. Ich werde mich nach Kräften bemühen, ihnen über ihre Trauer hinwegzuhelfen."

Ein Akt der Tierliebe

„Huch!" Erschrocken zog Sara die Hand zurück. Sie schaute sich die Pflanze mit den hübschen blauen Blüten genauer an, ohne sie anzufassen. Tatsächlich, es handelte sich um Eisenhut, der sich zwischen den prächtig blühenden Rittersporn gemogelt hatte.
In Gedanken hörte sie die warnende Stimme ihrer Großmutter: „Fass diese Pflanze niemals mit den bloßen Händen an, Kind. Sie ist sehr giftig. Du bekommst überall böse rote Flecken. Es heißt, dass das Herz stillsteht, wenn man nur ganz wenig davon zu sich nimmt."
„Oder wenn man jemandem etwas davon ins Essen tut, Oma?", hatte die kleine Sara atemlos gefragt, worauf ihr die Großmutter den Kopf tätschelte. „Du kommst auf Gedanken, Kind. Wer macht denn so etwas!"
Sara erhob sich, drückte den Rücken durch. Ihr Garten und vor allem die große Kräuterspirale waren ihr ganzer Stolz, ihr Ruhepol. Sie war froh und glücklich, dass sie das kleine Reihenhaus mit dem schnuckligen, kleinen Garten ergattert hatte. Sie hatte lange genug dafür kämpfen müssen. Nun war sie rundum zufrieden, wenn nicht ...
Nebenan öffnete sich ein Fenster im ersten Stock. „Ich hoffe Sie vergessen nicht, dass jetzt Mittagsruhe herrscht. Also warten Sie mit dem Rasenmähen", erklang eine laute,

knarzende Stimme. Seufzend wandte sich Sara dem Fenster zu. „Ja, Herr Küddel, ich weiß das. Ich würde es niemals wagen, Sie in Ihrer Mittagsruhe zu stören."

Der Angesprochene wackelte mit dem Kopf, sodass seine feisten Wangen hin und her schlabberten. ‚Wenn er jetzt noch sabbert, dann sieht er aus wie eine Dogge', dachte Sara und unterdrückte ein Kichern.

Herr Küddel reagierte sofort. „Machen Sie sich über mich lustig? Unverschämtheit, wo ich Sie nur auf die allgemeine Ordnung aufmerksam mache. Es ist ein Trauerspiel, dass das überhaupt nötig ist!" Mit einem Knall schloss er das Fenster.

„Nicht so laut, es ist Mittagsruhe", murmelte Sara. Die Lust an der Gartenarbeit war ihr vergangen. Sie beschloss, sich eine Tasse Kaffee zu kochen, sich auf die Terrasse zu setzen und über ihr Problem nachzudenken.

Während sie auf ihren kochend heißen Kaffee pustete, überlegte sie, wie sie mit dem Problem Küddel fertig werden könnte. Das Ehepaar hatte das Reihenhaus nebenan kurz nach der Heirat erworben, also vor Urzeiten. Hinzu kam, dass die Ehefrau eine Cousine von Saras Vermieter war. Das Paar verhielt sich so, als würde ihm der ganze Straßenzug gehören. Eigentlich noch schlimmer. Angefangen von der Sauberkeit des Bürgersteigs vor Saras Tür bis zur Lautstärke des Rasenmähers und der Tatsache, dass sie eine Katze hatte, störten sich die Küddels an allem, was Sara tat oder unterließ. Irgendwann hatten sich die beiden sogar schriftlich beim Vermieter beschwert, weil Sara keine, ihrer Meinung nach, ordentlichen Gardinen vor ihren Fenstern aufgehängt hatte, was dieser mit einem Schulterzucken abtat.

All das hatte Sara mit stoischer Ruhe ertragen. Im Gegenteil versuchte sie diesem Pärchen mit Nächstenliebe zu begegnen. Letztens hatte sie der verhuschten Frau Küddel auf deren Bitte sogar entsprechende Kräuter für einen Gesundheitstee zusammengemischt.

„Sie kennen sich so gut mit Kräutern aus und wir haben doch beide immer Probleme mit dem empfindlichen Magen, mein Heinz-Josef und ich. Ich habe genau gesehen, dass Sie auch Kräuter trocknen. Erst wollte Heinz-Josef was sagen, aber ich habe ihn davon überzeugt, dass es uns nicht stört. Wir wollen es ja auch nicht umsonst haben. Sagen Sie nur, was es kostet."

Sara hatte abgewunken, einen Beutel mit Magentee zusammengestellt, den sie der Frau vor ein paar Tagen in die Hand gedrückt hatte. Sie hoffte, dass diese gute Tat das nörgelige Ehepaar besänftigen würde. Wie schockiert war sie gewesen, als sie kurz darauf in den Garten kam und den Nach-

barn dabei erwischte, wie er mit seiner mobilen Wäschespinne mehrfach nach ihrer Katze schlug, die sich auf seine Parzelle verirrt hatte. Als er die schockstarre Sara bemerkte, schulterte Nachbar Küddel die zweckentfremdete Wäschespinne und knurrte: „Ist doch wahr, das Vieh kackt ständig alles voll."
Sara stellte energisch die halbvolle Kaffeetasse ab. Sie hatte bisher alles hingenommen, was das Ehepaar an Gemeinheiten in Petto hatte, doch diese letzte Attacke sprengte den Rahmen des Erträglichen. Sollte sie das Ehepaar kurzerhand mit dem Auto überfahren oder, was unauffälliger war, vor den Bus schubsen, der fast vor der Haustür hielt? Sie lächelte grimmig. Schubsen, das war schon einmal gut, aber noch besser waren beide in der Sickergrube in ihrem Garten aufgehoben, dort würden sie von ihren eigenen Fäkalie ersticken. Egal wie, die Küddes mussten weg. Das war eine Sache des Tierschutzes, besser noch ein Akt der Tierliebe. Warum sollte Sie dem Ehepaar nicht noch einmal ein Päckchen Tee zusammenmischen. Wo die beiden doch einen so empfindlichen Magen hatten.
Von diesem Gedanken gestärkt und erheitert trank Sara den restlichen, jetzt kalten Kaffee. Entschlossen stand sie auf, griff sich ihre dicken Gartenhandschuhe und schlenderte beschwingt in den Garten.

Die perfekte Frau

Eugen hatte es schon immer gewusst: Etwas Gefährliches lauerte in ihm, bereit zuzuschlagen sobald sich die Gelegenheit bot. Sobald er bereit war, das Tier aus dem Käfig zu lassen. Nun schien es so weit zu sein, denn er fühlte sich animalisch und wild. Sicherlich auch, weil seine große und einzige Liebe ihn zutiefst enttäuscht, ihn in Stich gelassen hatte. Sie war sein Halt und Anker gewesen, seine Verbindung mit der Außenwelt, seine Sicherheit vor dem Abgrund.

Diese Frau hatte es ihm leicht gemacht, ihn angelächelt, offen, freundlich und mehr als zuvorkommend. Hatte sich in Pose gesetzt, nur um von ihm bemerkt zu werden. Als ob das nötig gewesen wäre. Er bemerkte sie sofort, als sie den Raum betrat. Sie sprang ihm geradezu ins Auge, denn sie entsprach in allem seiner Idealvorstellung, erinnerte ihn schmerzlich an die Liebe seines Lebens, ließ ihm den Atem stocken.
Er musterte sie verstohlen, nippte leicht verlegen an seinem Drink weil er es nicht wagte, sie offen anzusehen. Doch sie schien verstanden zu haben, machte ihn unverhohlen an, sodass er sich mühelos auf ihr leichtfertiges Spiel einlassen konnte. Als Vorwand sich ihm zu nähern nahm sie in geschickter Weise auf dem Barhocker direkt neben ihm

Platz. Vordergründig sprach sie mit einem Typen, der direkt neben ihr saß und sie zu kennen schien. Doch Eugen wusste nur zu gut, dass sie scharf auf ihn war, ihn unbedingt wollte. So rückte er unauffällig etwas näher und verfolgte das Gespräch, welches sich um unbedeutende Dinge drehte. Sie hatte ihm, kokett wie sie war, halb den Rücken zugewandt, tat, als ob sie sich angeregt mit ihrem Bekannten unterhielt, wartete in Wahrheit auf Eugens Intervention.

Die Gelegenheit ergab sich bald. Ihr Gesprächspartner entschuldigte sich, suchte die sanitären Anlagen auf. Eugen folgte ihm unauffällig, bereit den aufdringlichen Typen loszuwerden. Hatte der doch vorhin versucht, die Traumfrau zu befingern, indem er ihr die Hand auf den Arm legte. Der Gedanke daran brachte Eugen zur Weißglut. Voller Zorn näherte er sich dem Menschen, der gerade am Urinal stand und sich erleichterte. Ehe er es sich versah, hatte Eugen ihn gepackt und seinen Kopf mehrmals gegen die Wandfliesen geschlagen. Der Kontrahent brach ohne einen Laut von sich zugeben zusammen, krümmte sich, während Eugen in hehrer Wut auf ihn eintrat, erst von ihm abließ, als er sich nicht mehr rührte.

Er erwachte wie aus einem Traum, hörte sein eigenes Keuchen wie das eines anderen Menschens, sah sich schweißnass und blutbesudelt im Spiegel. Er gefiel sich über die Maßen, die Augen blitzten, er fühlte sich stark und unbesiegbar, genau so wie in den Zeiten, als Sie bei ihm war. Zudem war er sich ganz sicher, dass er sie haben würde - und dieses Mal für immer. Doch zunächst galt es, sich auf das Wesentliche zu konzentrieren. Er hatte in seiner Tollkühnheit nicht darauf geachtet, ob sich noch jemand in den Räumlichkeiten befand. Ein kurzer Blick beruhigte ihn, er war allein. Mit nie gekannter Kraft zog er den bewegungslosen Körper in eine Toilette, schloss die Tür. Nun musste er sich nur noch reinigen, das Blut von den Händen waschen, seine Kleidung in Ordnung bringen. Dann würde er sich um sie kümmern.

„Zufälle gibt es", sie lächelte gekonnt harmlos, doch Eugen wusste nur zu genau, welch ein durchtriebenes Luder sie war. „Dass du gerade parat warst, als Uwe den Notruf bezüglich seiner Mutter bekam und dich auch sofort bereit erklärt hast, mir Bescheid zu sagen, wo der Ärmste wohl so durch den Wind war. Und jetzt bringst du mich sogar nach Hause." Wieder das harmlos liebe Lächeln.
‚Tu nur so naiv, mich täuscht du nicht', dachte er und sagte charmant: „Es macht doch keine Mühe. Eine so schöne Frau zu

eskortieren ist mir eine Ehre. Es ist toll, dass du mir das erlaubst."
Mit einem gezierten Augenaufschlag blieb sie vor einem Mehrfamilienhaus stehen. „Hier wohne ich, danke noch einmal fürs Heimbringen." Sie zögert einen Augenblick. „Bitte versteh mich nicht falsch, es ist sonst wirklich nicht meine Art", sie holte tief Luft. „Möchtest du vielleicht mit zu mir, auf einen Kaffee?"
Er hatte es gewusst; sie wollte ihn und sie sollte bekommen, wonach sie sich sehnte, wonach auch er sich sehnte: das vollkommene Miteinander.

Schwer atmend lehnte sich Eugen an den Türrahmen. Das Werk war vollbracht, er hatte ganze Arbeit geleistet. Sie lag schön und reglos auf dem Bett. Jetzt endlich, nachdem er sie geläutert, ihr die Bürde des Lebens genommen hatte, erkannte man ihren ganzen Liebreiz. Niemals wieder würde Verrat sie hässlich werden lassen. Nie wieder würde sie ihn verlassen. All das war allein ihm zu verdanken, er hatte ein Kunstwerk erschaffen. Die perfekte Frau! Sie würde genau so perfekt sein, wie es seine große Liebe einmal gewesen war. „Mutti", flüsterte er. „Bitte verlass' mich nie wieder!"

Erschöpft verließ er die Wohnung, lief durch die nächtlichen Straßen, ziellos, bis er sich schließlich vor seinem Haus wieder fand. Der Morgen graute bereits, tauchte die Behausung in fahles Dämmerlicht. Mit zitternden Händen öffnete Eugen die Tür, trat ein, ließ sich in den nächstbesten Sessel fallen. Vorbei war das berauschende Hochgefühl.
„Eugie", krächzte es aus dem Schlafzimmer. „Du verdammter Idiot, wo hast du dich wieder herumgetrieben? Bist wohl lieber in der Kneipe, als dich um deine alte kranke Mutter zu kümmern? Früher bist du zu mir ins Bett gekrochen. Jetzt, wo ich nicht mehr kann, vergnügst du dich auf andere Weise."
Langsam stand er auf, bewegte sich mechanisch in Richtung Schlafzimmer. „Wer bisst du", flüsterte er heiser. „Halt endlich dein Schandmaul", diese Worte spie er geradezu heraus. „Meine Mutti, meine Liebe schläft und sie ist für immer schön!"
Die alte, gelbgesichtige Frau öffnete den Mund, doch ehe sie weiter Dreck über ihm ausschütten konnte griff Eugen zum Kissen, sie würde nun für immer verstummen, denn er hatte ja seine wahre Liebe wiedergefunden.

Tödliches Schlafwandeln

„Sie können sich wirklich an gar nichts erinnern? Das kann ich mir beim besten Willen nicht vorstellen", sagte der Krankenhausarzt, während er gekonnt den letzten Schnitt auf Linas Unterarm nähte.
Sie zuckte mit den Schultern. „Wirklich, Herr Doktor, ich kann mir selbst nicht vorstellen, woher die Schnitte kommen."
Der Arzt hielt einen Augenblick Linas Arm fest und betrachtete die jetzt versorgten Schnittwunden. „Saubere Schnitte, das war ein ziemlich scharfes Messer", stellte er fest. Dann sah er Lina in die Augen. „Sie haben aber keine Probleme, nicht wahr. Falls das doch der Fall wäre, so könnte ich dafür sorgen, dass Ihnen geholfen wird, wirklich."
Einen Augenblick stutzte Lina, dann verstand sie, was der Arzt meinte. Sie hatte neulich erst einen Bericht über selbstverletzendes Verhalten bei Teenagern gelesen. ‚Ritzen' wurde das genannt. Sie schüttelte entrüstet den Kopf. „Sie glauben doch nicht ernsthaft, dass ich mich absichtlich verletzen würde! Ich wüsste nicht, aus welchem Grund ich so etwas tun sollte. Georg, ein Mann, ist Anwalt. Er arbeitet hart, ist öfter unterwegs, aber wir führen eine ausgesprochen gute Ehe. Leider hatte er gestern wieder einen auswärtigen Termin, der länger als erwartet dauerte, sodass er dort über-

nachtet hat. Er liebt mich sehr und macht sich Sorgen, weil ich ...", Lina zögerte einen Augenblick.

„Ja?", fragte der Arzt interessiert nach.

„Nun ja", fuhr Lina fort. „Ich kann bereits seit längerer Zeit schlecht einschlafen und habe schon alles Erdenkliche ausprobiert: Schäfchenzählen, Baldrian, eine Bachblütenkur, autogenes Training. Es hilft alles nicht. Schlafe ich endlich, so träume ich sehr intensiv. Es ist mir in der letzten Zeit sogar schon passiert, dass ich aufwachte und mich nicht mehr in meinem Bett befand. Jedenfalls habe ich in der letzten Nacht geträumt, dass ich in die Küche gehe, weil ich Hunger habe. Ich wollte mir Brot abschneiden und habe dazu das Brotmesser genommen", sie grinste schief. „Zum Essen bin ich allerdings nicht mehr gekommen. Ich bin vorher aufgewacht, saß in der Küche, hatte das Messer in der Hand, mein Arm war zerschnitten und alles voller Blut."

„Ihr Mann war also nicht zu Hause", stellte der Arzt fest.

„Wie ich schon sagte, hatte er einen auswärtigen Termin."

„Ich denke sie schlafwandeln und haben sich wirklich unabsichtlich verletzt. Das ist ungewöhnlich, aber nicht unmöglich. Sie sollten in der nächsten Zeit nachts nicht allein sein. Ich verschreibe Ihnen ein leichtes Schlafmittel. Nehmen Sie das bitte. Sie sollten unbedingt in den nächsten 14 Tagen noch einmal hier bei mir vorstellig werden. Sie haben Glück, dass ausgerechnet ich heute Dienst habe. Lassen Sie sich einen Termin geben."

In der Folgezeit nahm Lina zwar die verordneten Schlaftabletten, doch sie halfen ihr nicht. Weiterhin konnte sie schlecht oder gar nicht einschlafen.
Eines Morgens fand ihr Mann sie schlafend auf einem Küchenstuhl sitzend vor.
„Um Gottes Willen, Lina, was machst du hier?", rief er entsetzt aus. „Schläfst du jetzt neuerdings in der Küche? Ich war der Meinung, dass du mithilfe des Arztes und der Tabletten deine Schlafwandelei endlich im Griff hättest."
Lina blinzelte müde. „Nun, wenn du in deinem Arbeitszimmer schläfst, falls du denn überhaupt nach Hause kommst, so kannst du natürlich nicht wissen, ob es mir besser geht. So wirklich interessierst du dich sowieso nicht für mich, mein Lieber."
Tatsächlich verbrachte Georg seit knapp einem Jahr die Nächte in seinem Arbeitszimmer. Oft genug blieb er über Nacht weg, gab vor wichtige Termine zu haben. Lina konnte sich nicht mehr daran erinnern, wann sie das letzte Mal intim miteinander gewesen waren.

Er hob die Augenbrauen. „Ich arbeite hart, um dir den bestmöglichen Lebensstandard zu ermöglichen. Es ist traurig, dass du das nicht zu würdigen weißt, meine Liebe. Ich muss jetzt los, rechne heute Abend bitte nicht mit mir." Er drehte sich auf dem Absatz um, ehe Lina etwas erwidern konnte.

Bei ihrem nächsten Arzttermin klagte sie ihr Leid, ohne jedoch ihre Eheprobleme zu erwähnen. Im Gegenteil klang ihre Version eher liebevoll.
„Mein Mann nimmt so viel Rücksicht. Wenn es im Büro spät wird, dann schläft er im Arbeitszimmer, um mich bloß nicht zu stören. Er hat bedenken mich versehentlich zu wecken, wo ich doch so schlecht einschlafe. Stellen Sie sich nur vor: Neulich hat er mich früh am Morgen schlafend in der Küche vorgefunden, ein großes Messer lag in meinem Schoß. Ich habe wirklich Angst, dass noch einmal etwas Schlimmeres geschieht, als dass ich mir im Schlaf in den Arm schneide. Wahrscheinlich traue ich mich deshalb nicht einzuschlafen. Vielleicht wirken auch die Tabletten nicht."
Der Arzt schüttelte bedauernd den Kopf. „Keine Angst. Ich glaube nicht, dass bei Ihnen eine Verhaltensstörung des REM-Schlafes vorliegt und Sie deshalb aggressive Trauminhalte ausleben. Ich habe Ihnen bewusst ein leichtes Schlafmittel verordnet

und gehofft, dass das reichen würde. Wie es aussieht, sollten wir sie noch gründlicher untersuchen. Übrigens: das Phänomen des Schlafwandelns kann sich genau so schnell verlieren, wie es auftritt. Ich werde mich um einen Termin in einem Schlaflabor kümmern. Das kann allerdings einige Zeit dauern. In der Zwischenzeit verordne ich Ihnen ein etwas stärkeres Mittel. Das wirkt unter Garantie."
Lina lächelte den Arzt vertrauensvoll an. „Danke, Herr Doktor. Sie beruhigen mich sehr. Es wäre schön, wenn ich endlich einmal in Ruhe und Frieden einschlafen könnte."

Lina hörte den Schlüssel in der Tür. Mit einem Blick auf ihren Wecker stellte sie fest, dass es fast drei Uhr war. Sie hatte nicht früher mit ihm gerechnet.
Am Nachmittag hatte das Büro verlassen, war zu seinem Flittchen gefahren. Sie war ihm in gebührendem Abstand gefolgt, hatte ihn mit einem dicken Blumenstrauß das Apartmenthaus betreten sehen, in dem sein Verhältnis wohnte.
Wie erstarrt war sie eine Weile im Auto sitzen geblieben, hatte überlegt, was wohl geschehen würde, wenn sie einfach aussteigen, klingeln und ihn zur Rede stellen würde. Schnell verwarf sie den Gedanken

wieder. Eine Konfrontation war nicht die Lösung, die sie wollte.

Jetzt machte er sich nicht einmal die Mühe, nach ihr zu sehen, sondern ging gleich in sein Arbeitszimmer. Lina lächelte zynisch. Sicher war er müde nach all der Anstrengung. Langsam und lautlos erhob sie sich. Das Messer hatte sie sich schon vor dem Zubettgehen zurechtgelegt, nun fuhr sie vorsichtig - zärtlich über die Klinge. Oh ja, sie war glatt und scharf, genau so sollte es sein. Sie wartete noch einen Augenblick. Aus Erfahrung wusste sie, dass Georg nach ausgiebigem Sex besonders schnell einschlief.

Bald schien ihr der geeignete Moment gekommen zu sein. Lautlos glitt sie ins Arbeitszimmer. Wie sie vermutet hatte, war ihr Mann sofort ins Bett gegangen und eingeschlafen. Passenderweise lag er auf dem Rücken, die nackte Brust hob und senkte sich mit seinen Atemzügen. Er hatte den Mund leicht geöffnet, schnarchte leise.

Sie trat nah an das Bett, strich ihm eine Haarsträhne aus der Stirn. Wenn er jetzt wach würde … Doch er drehte im Schlaf mit einer entschlossenen Bewegung den Kopf weg. So, als würde er ihre Berührung selbst jetzt nicht ertragen können.

Lina hob entschlossen das Messer, stach mit aller Kraft zu, immer wieder. Er schrie entsetzt auf, versuchte der niedersausenden

Klinge zu entkommen, doch er hatte keine Chance. Schließlich röchelte er, mit Blut vermischte Speichelfäden rannen aus seinem weit geöffneten Mund, benetzten das Kinn. Die aufgerissenen Augen wurden trüb, das Leben wich aus seinem Körper.

Sie ließ das Messer fallen, beugte sich schwer atmend über den Toten. „Ich habe euch gesehen, in deinem Büro. Das ist fast ein Jahr her. Ihr habt mich nicht bemerkt. Du hast über ihr auf dem Sofa gelegen und wie ein brünstiger Eber gekeucht. Da habe ich erkannt, dass es nur eine Möglichkeit für mich gibt." Sie hauchte ihm einen Kuss auf die Lippen. „Schlaf gut, mein Lieber."

Nach diesen Worten legte sie sich neben ihn, um den Morgen abzuwarten. Schließlich war sie eine Schlafwandlerin, die schon so manches Mal mit einem Messer in der Hand aufgewacht war und nicht gewusst hatte, was geschehen war.

Schlafe gut, Schneewittchen

„Ach nein", ihre Stimme klang schrill, fast panisch. „Schon wieder ein Fingernagel eingerissen!" Sie wandte sich vorwurfsvoll um, taxierte ihn mit einem kalten Blick. „Das liegt nur daran, dass du es nicht fertig bringst mir eine Putzfrau zu finanzieren. Alles muss ich allein machen."
Es seufzte tief. ‚Wenn du doch nur irgendetwas sauber machen würdest …', doch wagte er nicht diesen Gedanken laut auszusprechen. Stattdessen lächelte er beruhigend, wie immer. „Aber Liebes, dann gehst du halt einmal mehr ins Nagelstudio. Dort wird das Malheur behoben und deine Nägel strahlen im neuen Glanz."
Sie schien sich zu beruhigen, schenkte ihm ein halbherziges Lächeln. „Ja, dann muss ich das tun. Ich könnte auch gleich zur Kosmetikerin. Ich habe erst gestern schon wieder Krähenfüße unter den Augen entdeckt." Ein gekonnter Augenaufschlag folgte. „Noch sieht man sie nicht wirklich, doch wehret den Anfängen." Nun war es an ihr, tief und theatralisch zu seufzen. „Ich wünschte mir einen Schönheitsschlaf. Einfach einschlafen und faltenlos wieder aufwachen - das wär's doch!"
Er musterte sie verstohlen. Ihre klassische Schönheit hatte ihn von Anfang an fasziniert: Haare wie Ebenholz, kirschrote Lip-

pen, eine klarer, reiner, fast durchsichtige Teint und endlos lange Beine. Diese Mischung machte sie zum Mittelpunkt jeder Party. Er hatte es nicht fassen können, dass sich diese schöne Frau für ihn interessierte, ihm Avancen machte. Nur zu gern ließ er sich von ihr verführen, schwebte im siebten Himmel. Die anschließende Hochzeit erschien ihm wie ein schöner Traum, aus dem er nie erwachen wollte.
Doch so schnell wie der Traum vom Glück über ihn gekommen war verflog er auch wieder. Erst waren es nur kleine Bemerkungen, versteckte Anspielungen, doch bald wurde klar, dass sie einen Lebensstandard erwartete, den er ihr nicht bieten konnte. Sie war augenscheinlich davon ausgegangen, dass er über einige Vermögenswerte verfügte, doch auch hier musste er sie enttäuschen. So sehr er sich auch abrackerte, sich abmühte ihr alles recht zu machen, niemals gelang ihm etwas zu ihrer Zufriedenheit. Er mühte sich die ganz Woche über im Büro ab, trug in seiner Freizeit Zeitungen aus. Ja, er hatte sich sogar schon als Saisonarbeiter versucht und Spargel gestochen, bis ihm schier das Kreuz auseinander zu brechen schien. Doch erfüllte er nie ihre finanziellen Erwartungen.
Ganz schlimm wurde es, als sie die ersten Falten in ihrem Gesicht entdeckte. „Das kommt davon, dass ich mir immer Sorgen

um unsere finanzielle Situation machen muss", stellte sie fest und verbannte ihn in die Kellerräume, wo er fortan auf einer alten Liege nächtigte.

Doch all' diese Demütigungen machten ihm nichts aus. Er war immer noch glücklich darüber, in ihrer Nähe leben zu dürfen. Zuweilen ließ sie ihn in ihrem Bett schlafen und diese Nächte entschädigten ihn für alle Widrigkeiten. Er war davon überzeugt, dass sie irgendwann zu sich kommen würde; erkennen müsste, dass er der ideale Partner für sie war.

Die Wende kam für ihn fast unmerklich. Das anerkennende Schulterklopfen der Kumpel verwandelte sich mit der Zeit in ein mitleidiges Tätscheln. Sätze wie: „Was macht denn deine heiße Frau", oder „Wie geht es deinem Schneewittchen", klangen plötzlich nicht mehr wohlwollend, sondern ironisch. Hinzu kam, dass sie immer öfter Termine vortäuschte, die sich bei näherem Hinsehen als vorgeschoben darstellten.

So begann er ihr zu folgen. Bespitzelte sie, checkte heimlich ihr Handy und schrieb sich die Kilometerstände ihres Autos auf. Bald stand für ihn fest, dass sie ein Doppelleben führte: Ihn benutzte sie, um den Lebensstandard zu sichern, um die Besuche bei der Kosmetikerin und diverse Wellnesswochenenden zu finanzieren. Doch wann immer sie Zeit fand, traf sie sich mit Männern.

Die Erkenntnis ihrer Untreue erschütterte ihn zutiefst.

Nach und nach begann ein Plan in ihm zu reifen. Sie wünschte sich von ganzem Herzen den perfekten Schönheitsschlaf. Nun, er würde ihr auch diesen Wunsch erfüllen. Die Vorbereitungen nahmen einige Zeit in Anspruch. Schließlich wollte er alle ihre Wünsche erfüllen. So erstand er eine Kühltruhe mit einem durchsichtigen Deckel, wie sie in Supermärkten, bestückt mit Pizzen und Tiefkühlgemüse in allen Variationen, standen. Diese Truhe platzierte er neben seiner Liege im Keller denn hierher kam sie niemals.

Der nächste Schritt erschien ihm fast unmöglich, doch nach langen Recherchen wurde er fündig: Succinylcholin, ein Narkosemittel, dass vor allem Lungenärzte gebrauchen erschien ihm als die perfekte Lösung. Geruchs- und geschmacksneutral ließ sich dieses Mittel auch in größeren Mengen wunderbar einer Mahlzeit zufügen. Es bewirkte in wenigen Minuten eine vollständige Muskellähmung.

Die Beschaffung dauerte ihre Zeit, denn er ging mit Vorsicht ans Werk. Nach längerem Suchen fand er einen sehr zuvorkommenden Apotheker, der zwar eine horrende Summe verlangte, doch das war seine schöne Frau ihm wert.

Nachdem nun alles beschafft war konnte er zur Tat schreiten. Was wäre passender, als ein letztes Mal für sie zu kochen, ein romantisches Dinner vorzubereiten, sie zu verwöhnen und sie dann in den Schönheitsschlaf zu schicken.
Die Gelegenheit ergab sich bald. Sie war für das anstehende Wochenende von einem ihrer Liebhaber versetzt worden und in denkbar schlechter Laune.
„Ich werde uns eine wunderbare Mahlzeit kochen, Prinzessin", schlug er vor.
Sie willigte mürrisch ein. „Gut, ich habe sowieso nichts Besseres vor. Ich kann mir zwar etwas Netteres vorstellen als mit dir zu essen, aber wenn du unbedingt willst."
Gut gelaunt machte er sich daran, das Dinner vorzubereiten und den Hauptgang mit einer ordentlichen Dosis des Narkosemittels zu versetzen.
„Ich habe zur Feier des Tages einen besonders guten und teuren Wein besorgt", erklärte er, als er ihr das Mahl servierte. Sie roch misstrauisch an ihrem Glas, probierte einen Schluck und leerte es in einem Zuge.
„Vielleicht lasse ich dich heute Nacht in mein Bett." Sie musterte ihn einen Moment von oben bis unten, schüttelte den Kopf. „Nein, da hilft auch der Wein nicht."
Er lächelte mechanisch, während er nachschenkte.

Den Hauptgang servierte er ihr auf einem silbernen Tablett, stilvoll. Sie aß mit Appetit, schien nicht wahrzunehmen, dass er ihr still lächelnd beim Essen zusah, keinen Bissen zu sich nahm.

Das Mittel wirkte unvermittelt. Nach den wie in der einschlägigen Fachliteratur beschriebenen unkontrollierten Muskelzuckungen sackte sie in sich zusammen, als wäre sie aus Gummi. Doch bevor sie stürzen konnte, war er hinzugeeilt um sie aufzufangen.

Jetzt musste er sich beeilen, denn die Wirkung des Succinylcholin würde schon nach kurzer Zeit nachlassen. Liebevoll band er ihr Arme und Beine zusammen um sie anschließend sanft in die Kühltruhe zu betten. Er hatte ihren Ruheort mit weißer Seide ausgeschlagen, schließlich war nur das Beste gut genug für sie.

„Schlaf gut, mein Schneewittchen", flüsterte er zärtlich, ehe er den gläsernen Deckel der Kühltruhe schloss und sie in den Kälteschlaf schickte.

Weil ich es kann

Heinz öffnet vorsichtig die Augen, blinzelt. Sein Schädel brummt erbärmlich. Er hätte gestern nicht so viel trinken sollen, das hat er nun davon. Wahrscheinlich hat er deshalb auch geträumt, dass Vanessa wieder da ist. Dass er in der letzten Nacht wilden, hemmungslosen Sex mit ihr gehabt hat.

Vanessa - wie hatte er sie geliebt. Wie sehr liebt er sie immer noch. Er schließt die Augen. Bunte Bilder ziehen an ihm vorbei. Die unglaubliche Reise nach Ibiza. Die wilden Nächte am Strand, ein leidenschaftlicher Taumel von einem Extrem ins andere, das jähe Erwachen. Am Strand in der brütend heißen Sonne.
Vanessa? Sie war verschwunden, tauchte nicht wieder auf. Genau so wie seine Erinnerung an die Nacht mit viel Alkohol und bunten Pillen. Hin und wieder sah er Bildfetzen, Fragmente. Vanessa mit einem Anderen, ineinander verschlungen. Ihr schrilles Lachen. Lachte sie über ihn?
Seine Rückkehr nach Hause war fürchterlich. Immer der gleiche Gedanke: ‚Sie ist weg. Ich habe sie verloren.' Der Schlaf wollte sich nicht einstellen, weil er grübelte wo sie geblieben war. Schlief er erschöpft ein, so sah er sie in den Armen eines anderen Mannes. Gemeinsam lachten sie über ihn. Er konnte

nicht mehr essen, magerte ab, war kaum noch in der Lage, seinem Job nachzugehen.
Besser wurde es erst, als er ganz plötzlich ihre Stimme neben sich hörte. ‚Heinz, jetzt musst du aber wirklich schlafen', sagte sie, als er sich wieder einmal in seinem Bett hin und her wälzte. Seitdem redete er mit ihr. Wenn er abends von der Arbeit nach Hause kam erzählte er ihr, was tagsüber geschehen war, fragte sie um Rat, wenn er ein Problem hatte. Er war glücklich, denn Vanessa war wieder bei ihm, zumindest in seiner Vorstellung.
Gestern dann, aus heiterem Himmel, stand sie plötzlich neben ihm. Ausgerechnet in seinem Stammlokal. Er setzte gerade an, um das erste Pils des Tages zu trinken, da trafen sich ihre Blicke. Er verschluckte sich, sie klopfte ihm liebevoll auf den Rücken. „Na, na", sagte sie heiter. „So sehr habe ich mich aber nicht verändert."
„Vanessa?" Erst dachte er, dass seine Fantasie ihm einen Streich spielte, doch ihre Hand auf seinem Arm war sehr real.
Später, nach viel Alkohol drückte sie sich an ihn, ließ ihn spüren, was er so schmerzlich vermisst hatte. „Gehen wir zu dir", hauchte sie in sein Ohr.

Heinz streicht über das Kissen. Ein rotes Haar, zwischen seinen Fingern. Vanessas Duft in Bett, an ihm, überall. Er hat also nicht geträumt, sie ist wieder da. Er horcht, hört sie im Bad singen. Das hat sie früher auch immer gemacht, jedenfalls nach einer Liebesnacht.

Er betritt das Badezimmer. Sie sitzt in der Wanne, gönnt sich ein Schaumbad.

„Warum?", fragt er.

Sie stutzt, lacht dann. Merkwürdig, früher hat er ihr Lachen geliebt, jetzt kommt es ihm schrill vor und gewöhnlich. „Weil ich es konnte", sagt sie, prustet wieder los.

Er öffnet den Spiegelschrank, nimmt den Föhn heraus, steckt den Stecker ein, betätigt den Schalter am Gerät. Das geht ganz schnell. Schon hält er den Föhn über die Wanne.

Sie reißt die Augen auf. „Was tust du? Warum?"

„Weil ich es kann", mit diesen Worten öffnet er seine Hand.

Nicht sein Tag

Verbissen quetschte Jakob den letzten Rest aus der Zahnpasta Tube. „Das ist ja wieder mal typisch", murmelte er, während er sich die Zähne putzte, wobei er feststellte, dass die Warmwasserversorgung wieder einmal ausgefallen war. Nachdem er sich kurz und kalt geduscht hatte, stellte er ohne Verwunderung fest, dass ihm der Kaffee ausgegangen war. Wenigstens fand er in einer Ecke des Küchenschranks einen angestaubten Teebeutel. Nachdem er eine Tasse Kamillentee hinuntergewürgt hatte, beschloss er sich heute über nichts mehr zu ärgern. Es gab sie einfach, diese Tage, an denen nichts klappte.
Also wunderte er sich auch nicht, als er im Büro ankam und den Schreibtisch seines Kollegen verwaist vorfand. Kurze Zeit später rief die Frau des Kollegen an und teilte mit, dass dieser nach einem Treppensturz mit einem gebrochen Bein in Krankenhaus liegen würde. Das war nun doch extrem ärgerlich, weil Jakob und sein Kollege eine Verabredung für den Abend hatten. Sie wollten gemeinsam ein Rockkonzert der angesagten Band Rammfels besuchen. Als ausgesprochener Rammfels Fan hatte sich Jakob schon lange auf das Konzert gefreut. Nun würde er allein hingehen müssen. Er versprach der Frau des Kollegen, die Karte

vor dem Konzert zum Kauf anzubieten. „Ich fahre etwas früher los, sicher finde ich dann einen Interessenten", versprach er.

Zu Mittag beschloss Jakob auf Nummer sicher zu gehen und sein Lieblingslokal zu besuchen. Hier würde nichts schief gehen. Fortunato wusste ganz genau, welche Pizza Jakob bevorzugte.

„Ciao Giacomo", begrüßte ihn der immer gut gelaunte Wirt. „Pizza wie immer und eine Cola dazu?"

Jakob nickte erfreut und linste interessiert zum Nebentisch. Hier saß eine attraktive junge Frau, die sich eine Portion Spaghetti einverleibte. Sie schien Jakob nicht zu bemerken. Er seufzte und zuckte mit den Schultern. Heute war wirklich nicht sein Tag.

„Und, was machst du heute noch", fragte Fortunato, als er die Pizza servierte.

Jakob strahlte ihn an. „Ich gehe nachher auf das Rammfels Konzert. Willst du mitkommen? Ich hätte da eine Karte übrig."

Fortunato winkte lachen ab. „Selbst wenn ich wollte, woher sollte ich auf die Schnelle Ersatz finden. Mein Lokal ist bis Mitternacht geöffnet."

„Entschuldigung", mischte sich die hübsche Frau vom Nebentisch ein. „Sie haben Karten für das Rammfels Konzert über? Meine Freundin und ich haben versucht noch welche zu bekommen, aber leider war schon alles ausverkauft. Ich liebe die Band, vor allem den Sänger Jens Eichenwald. Ich würde für die Karten töten", fügte sie nach einer kurzen Pause ernst hinzu.

Jakob schüttelte bedauernd den Kopf. „Ich fürchte, dass ich Ihnen nicht weiterhelfen kann. Ich habe eine einzige Karte übrig, weil mein Konzertbegleiter sich das Bein gebrochen hat." Er schaute in das enttäuschte Gesicht der jungen Frau. „Aber wenn sie wollen, können sie die eine Karte haben, kein Problem. Ich bin selbst ein Rammfels Fan." Jakob zögerte. „Für Ihre Freundin kann ich nichts tun. Aber vielleicht möchten Sie das Konzert zusammen mit mir besuchen. Ich würde Ihnen die Karte zum halben Preis überlassen ..." In Gedanken überschlug er, was er dem Kollegen von seinem Geld für dessen Karte bezahlen müsste. Das würde nicht billig werden, doch ein Blick in die fast unnatürlich glänzenden Augen der jungen Frau ließ ihn das Geld vergessen.

„Das wäre toll. Meine Freundin wird zwar unheimlich enttäuscht sein, aber das kann ich auch nicht ändern", japste sie sichtlich erregt.

„Okay, soll ich Sie heute Abend irgendwo abholen? Das Konzert beginnt um 20 Uhr." In Jakobs Magen kribbelte es. Der Tag, der so mies angefangen hatte, würde ein schönes Ende nehmen, davon war er überzeugt.

„Oh, du brauchst mich nicht siezen, ich hei-

ße Tina", erklärte die junge Frau. "Abholen. Lass mich überlegen. Sicher fährst du mit der U-Bahn."
Jakob nickte zustimmend. "Ja, die Parkplatzsuche an der Konzerthalle ist einfach nervig."
"Eben, heute Abend arbeite ich in der Reinigung, die gleich neben der U-Bahn Station liegt. Das ist ein Nebenjob. Du musst wissen, dass ich Medizin studiere und mich mit einigen Jobs über Wasser halte. Meine Eltern haben es nicht so dicke, sie können mich nicht unterstützen. Ich wohne mit meiner Freundin zusammen. Sie ist etwas ganz besonderes. Zu dumm, dass ich sie jetzt so enttäuschen muss. Egal, mir fällt bestimmt noch eine Lösung ein. Jedenfalls können wir uns gleich am Eingang zum Park treffen. Von dort aus ist es ein Katzensprung bis zur Konzerthalle. Ist eine Abkürzung, weißt du."

Gut gelaunt brachte Jakob den Nachmittag hinter sich. ,Eigentlich ist es ein Glück, dass der Kollege sich das Bein gebrochen hat', dachte er, als er am Abend unter der Dusche stand. Er freute sich total auf das Konzert und vor allem auf die hübsche Tina.

Gegen 19 Uhr stand er wie verabredet am Eingang des Parks und hielt eifrig Ausschau nach seiner Begleitung. Als Tina auf ihn zukam, erkannte er sie nicht sofort. Mit dem ziemlich langen Regenmantel und der Mütze auf dem Kopf sah sie ein wenig merkwürdig aus, aber ihr süßes Gesicht strahlte ihn an.

„Ich weiß, das ist nicht das tollste Outfit", stellte sie fest. „Aber ich dachte, dass es regnet. Ein Konzert mit Regenschirm, das geht doch gar nicht. Keine Sorge, den Mantel ziehe ich nachher aus. Darunter habe ich ganz normale Klamotten an."

Ihr Lachen ließ auch ihn lächeln und als sie sich bei ihm unterhakte, fühlte er sich richtig wohl. Tina dirigierte ihn auf einen Nebenweg. „Hier entlang, das geht noch schneller."

An einer besonders dunklen Stelle blieb sie stehen, schmiegte sie sich dicht an ihn. Jakob legte die Arme um sie, beugte den Kopf, um sie zu küssen, während er gleichzeitig nach ihrem Busen tastete.

Er bemerkte den Stich kaum. Sie hatte das Messer präzise gesetzt, schließlich kannte sie sich in der Anatomie des Menschen bestens aus. Jakob sackte mit einem Gurgeln zusammen.

Sie wartete einen Moment, prüfte dann seinen nicht mehr vorhandenen Puls. Anschließend tastete sie Jakobs Taschen ab, fingerte die Karten und seine Geldbörse heraus. Noch ein schneller Rundumblick - wie erwartet war keine Menschenseele zu sehen. Schnell zog sie Mantel und Mütze aus, stopfte beides zusammen mit dem Messer in eine mitgebrachte Tüte. Morgen würde sie die Sachen chemisch reinigen und das große Messer wieder in die Schublade legen.

Auf dem Hauptweg angekommen überprüfte sie vorsichtshalber noch einmal ihre Kleidung. Alles war in Ordnung, wie sie erleichtert feststellte, dann zog sie ihr Handy aus der Tasche, tippte eine Nummer.

„Alles klar, ich habe die Karten. Der Blödmann hat echt geglaubt, ich stehe auf Männer und würde mit ihm ... egal ... lassen wir das ... Wir treffen uns gleich am Haupteingang, Liebes. Küsschen."

Ein neues Update

„Zeit um aufzustehen, mein Lieber", säuselte es.
Lunas sanfter Weckruf ließ Zito aufwachen. Wie zu erwarten fühlte er sich schauderhaft. Sein Mund war pappentrocken, in seinem Kopf hämmerte es dumpf. „Mist, ein Vodka zu viel", grummelte er.
„Kopfschmerztabletten liegen im Badezimmerschrank", erklang es sanft es aus den unsichtbar angebrachten Lautsprechern.
„Boh, mein Kopf! Halt doch mal die Klappe! Du klingst ja fast wie eine überbemühte Ehefrau!" Mühsam richtete sich Zito in seinem Wasserbett auf, um sich gleich wieder zurücksinken zu lassen. Er hätte am Vorabend vernünftig sein und seine Beförderung nicht so feucht fröhlich feiern sollen. Doch jetzt musste er wirklich aufstehen. Schließlich wollte er am ersten Tag in der neuen Position nicht gleich zu spät kommen.
„Was liegt heute an?", fragte er knapp, während er sich umständlich aus dem Bett hievte.
„Heute Vormittag, genauer gesagt um 10 Uhr, ist eine Konferenz mit allen Abteilungsleitern, dann ein Arbeitsessen. Am Nachmittag hast du ein Meeting mit dem Leiter der kaukasischen Vertretung."
Zito seufzte. Es würde ein langer Tag wer-

den. Und das mit seinem Brummschädel ...
Nach dem Duschen betrat er seinen begehbaren Kleiderschrank. „Und, dein Vorschlag? Was soll ich anziehen?", knurrte er.
„Laut den satellitengestützen Wetterdaten und der Tatsache, dass du jung und dynamisch auftreten willst, empfehle ich ein Poloshirt eine Hose und ein Sakko. Smart Casual wäre sehr angesagt. Ein Anzug ist zu formell."
Zito kramte unlustig in seinen Sachen herum. „Welche Farbe?", fragte er knapp.
„Nun, heute ist Afrika Tag", kam es zurück.
„Quatsch nicht so blöd. Sag mir die Farben."
Luna ging ihm mehr und mehr auf die Nerven.
„Das habe ich überhört", erklang es aus dem Lautsprecher. Hatte er sich verhört? Ihm schien, als ob die Computerstimme beleidigt, wenn nicht gar wütend geklungen hätte.
„Es wird definitiv Zeit für ein Update. Vielleicht kaufe ich mir sofort die neue Version. Du nervst gewaltig. Noch einmal: welche Farbe?"
„Ich würde zu beige und braun raten. Beiges Shirt, bräunliches Sakko, dunkelbraune Hose, dunkelbraune Schuhe und Socken. Sonst noch Fragen?"
„Im Moment nicht. Sei froh, dass ich jetzt keine Zeit habe", grummelte Zito. Achselzuckend schlüpfte er in seine Kleidung. Das

fehlte noch, dass er Streitgespräche mit seinem Hausroboter führte. Um Luna würde er sich bei Gelegenheit kümmern.

Der Arbeitstag verlief sogar noch stressiger als erwartet. Wenigstens legte sich das Unwohlsein, die Kopfschmerzen verschwanden fast vollständig. Gegen 19 Uhr ließ sich Zito in seinen Lieblingssessel im Wohnzimmer plumpsen.

„Willkommen zu Hause. Ich hoffe es geht dir gut", begrüßte ihn Luna. „Ich habe über Tag ein Update eingespielt. Damit musst du dich nicht abgeben. Jetzt kann ich noch viel besser auf alle deine Bedürfnisse eingehen."

Zito grinste erfreut. „Das ist ja schon mal was. Ich hatte einen wirklich anstrengenden Tag und will nur noch entspannen. Was würdest du mir empfehlen?"

„Das dachte ich mir schon. Die Sauna ist vorgeheizt. Wenn du möchtest ..." Irrte er sich oder klang Lunas Stimme noch samtiger als sonst. „Vorsorglich habe ich mich um eine Masseurin gekümmert. Wenn dir der Sinn danach steht, kann ich sie jederzeit herbestellen. Sie wäre in einer Stunde verfügbar."

Das neue Update gefiel Zito immer besser. „Lass mal, Sauna ist jetzt genau richtig. Die Sache mit der Massagenummer machen wir ein anderes Mal."

Rasch entledigte er sich seiner Kleidung,

schlang sich ein Handtuch um die Hüften und ging in die untere Etage des Hauses, wo ihm aromatische Düfte entgegenschmeichelten. In der Sauna ließ er sich entspannt auf die Bank sinken und lauschte der Klängen der klassischen Musik, die dezent im Hintergrund spielte. Er legte sich bequem auf die Bank, schloss die Augen und überließ sich ganz der erholsamen Entspannung.

Zito fuhr erschreckt auf. Ihm war schwindelig. Wie lange hatte er jetzt in der Sauna gelegen? Und was war das für eine Musik? Er horchte angespannt und erkannte den ‚Trauermarsch' von Chopin.
„Luna", rief er leicht panisch. „Wie lange sollte ich in der Sauna relaxen ohne dass es meiner Gesundheit schadet?"
„Circa 15 Minuten, höchstens 20", war die prompte Antwort. „Jetzt bist du 45 Minuten und 23 Sekunden in der Sauna. Aber du bleibst noch eine gute Stunde drin."
Dann klickte es. Zitternd stand Zito auf, versuchte die Tür zu öffnen, was ihm nicht gelang. Luna hatte die elektrische Türverriegelung aktiviert.
‚Vielleicht war das Update doch keine so gute Idee', dachte er, bevor er zusammensackte.

Flammendes Inferno

Hubert Hermann putzte sich gedankenverloren die Brille. Vor ihm auf dem Schreibtisch flimmerte der Bildschirm seines Computers, zeige ihm die letzten Bewegungen auf seinem Konto bei der Bank seines Vertrauens an. Langsam, fast zögernd setzte er die Brille wieder auf, fixierte den Bildschirm mit starrem Blick. Dort, wo sich ein sattes Plus befinden sollte, war nichts, niente, gähnende Leere, ein schwarzes Loch. All seine Ersparnisse und Nebenerwerbe, die Summe eines 50 jährigen Arbeitslebens - dahin. Dabei hatte er, einmal in der Funktion als Oberbuchhalter bei Finke & Sohn tätig, mit schöner Regelmäßigkeit kleinere bis mittlere Beträge beiseite geschafft, was niemals auffiel. Mit der Zeit war so ein erkleckliches Sümmchen zusammengekommen, das es anzulegen galt um einen angemessenen Lebensstandard zu garantieren, zumal seine fast zwanzig Jahre jüngere Lebensgefährtin eine zwar schmückende, doch anspruchsvolle Person war.
Wer hätte ihm dabei besser helfen können, als sein guter Freund und alter Schulkollege Ingo Inderbrüggen? Ingo hatte seinen Weg bei einem renommierten Bankhaus gemacht, war die Leiter empor geklettert, Sprosse für Sprossen, bis er die Position des

stellvertretenden Chief Financial Officers einnahm.

„Mein lieber Freund", hatte Ingo seinem Schulfreund schulterklopfend versichert, als Hubert ihn, bei einem Single Malt und einer guten Zigarre vorsichtig ins Vertrauen zog. „Wer könnte dir in dieser, zugegeben, ein wenig pikanten Situation, besser unter die Arme greifen, als dein Banknachbar aus der guten alten Schulzeit. Ich wüsste auch schon eine perfekte Anlage für dich. Die Rendite ist unglaublich, atemberaubend." Ingo paffte begeistert. „Vertraue mir und du wirst deinen Lebensabend in Saus und Braus verbringen." Wieder eine Rauchwolke. „Weiber", paff, „Wein", paff, „Autos, eine Jacht, was du willst.", paff, paff, paff. „Traue dich nur, alter Knabe!"

Hubert ließ sich diese Chance nicht entgehen, schlug begeistert ein und vertraute dem distinguierten Banker seine Finanzgeschäfte an. Ingo hielt sein Wort. Hinfort informierte Hubert sich in regelmäßigen Abständen über seine Kontostände und konnte mit Vergnügen zusehen, wie sich das Geld vermehrte.

Bis sein Vermögensberater und alter Schulfreund ihm eine besonders renditeträchtige Anlage empfahl. „Immobilien! Du gehst kein Risiko ein, alter Knabe", strahlte Ingo. „Deine Mäuse vermehren sich wie von selbst, du wirst sehen, bald hast du den ersten Ferrari

vor der Haustür stehen und Carina, deine schöne Freundin, wird dir die Füße küssen." Hubert überlegte nicht lange, denn bis jetzt waren Ingos Tipps immer Gold wert gewesen, er packte die Gelegenheit beim Schopf. Und jetzt das!
„So nicht, meine Herren!" Er schlug kräftig auf den Schreibtisch, straffte trotz der schmerzenden Handfläche die Schultern und griff zum Telefon.

„Wie ich ihnen bereits mehrfach mitgeteilt habe, ist Herr Inderbrüggen nicht zu sprechen. Er hat wichtige Termine", die Stimme der Vorzimmerdame klang gereizt, was kein Wunder war, denn Hubert rief bereits seit einer Woche mehrmals täglich an, um seinen Vermögensberater zu sprechen. Immer war Ingo in einer Besprechung, bei einem auswärtigen Termin oder schon nach Hause gefahren. Heute platzte Hubert der Kragen.
„Ich glaube ihnen kein Wort! Verbinden sie mich sofort mit ihrem Boss, sonst komme ich persönlich vorbei und werde mir Einlass in sein Büro verschaffen! Koste es was es wolle", brüllte er in den Hörer.
Einen Moment herrschte Stille, dann meldete sich Ingo tatsächlich. „Hubert, alter Knabe. Wie geht es der göttlichen Carina? Was kann ich für dich tun?" Die Stimme klang geschmeidig wie immer.

„Wo ist mein Geld", der Angesprochene hielt sich nicht mit Formalitäten auf. „Ich will sofort meine Einlage wieder haben, sonst geschieht ein Unglück, du windiger Hund! Und das Befinden meiner Lebensgefährtin geht dich einen Scheißdreck an!"

Ingo lachte laut auf. „Tja, da kann ich dir nicht weiterhelfen, du scheinst dich verspekuliert zu haben, würde ich mal sagen. Wie konntest du dein Geld auch in eine, um es mit deinen Worten zu sagen, so windige Sache stecken. Die Baufirma ist pleite, da kannst du nichts mehr abstauben."

„Aber, aber ...", Hubert verschlug es die Sprache, denn mit so viel Abgebrühtheit hatte er nicht gerechnet. „Du hast mir doch zu der bombensicheren Anlage geraten! Risikolos - das waren deine Worte! So lasse ich mich nicht von dir abspeisen, so nicht, mein Lieber! Ich werde..."

Hier wurde er von Ingos seidenweicher Stimme unterbrochen.„Was willst du machen? Wenn du meinst, dass etwas nicht mit rechten Dingen zugegangen ist, dann kannst du mich gerne verklagen. Allerdings müsstest du dann erklären, wie du zu einer solch großen Summe Geld gekommen bist", die Stimme klang jetzt gefährlich leise. „Davon würde ich dir allerdings abraten. Unterschlagung ist kein Kavaliersdelikt. Jetzt entschuldige mich bitte, ich habe gleich einen Termin bei meinem Porschehändler, muss

mir das neueste Modell einmal anschauen. Man gönnt sich ja sonst nichts."
„Halt", brüllte Hubert, aber sein Schulfreund hatte das Gespräch bereits unterbrochen. Für einen Moment glaubte sich der Betrogene einem Herzinfarkt nahe, doch nachdem er ein paar Mal ein und ausgeatmet hatte, verlangsamte sich sein Herzschlag zusehends, rauschte das Blut nicht mehr so heftig in seinem Kopf. Mit gnadenloser Sicherheit wurde ihm klar, dass sein alter Freund ihn um die Früchte seiner langen, mühevoll verschleierten Unterschlagungen gebracht hatte. Dass er nie wieder an eine solche Summe Geld kommen würde.
„So nicht, mein Herr!" Er schlug kräftig auf den Schreibtisch und beschloss sich bitterlich zu rächen.

Hubert kicherte in sich hinein. Er hatte lange an seinem Plan gefeilt, alles bis aufs I Tüpfelchen ausgetüftelt.
In der ersten Zeit nach seiner beispiellosen Pleite hatte er erwogen, einfach ein paar kräftige, arbeitslose Männer, möglichst russischer Herkunft, zu engagieren um Ingo eine gehörige Abreibung zu verpassen und seinen neuen Porsche zu schrotten. Doch von diesem unausgereiften Plan nahm er schnell Abstand, denn ein zerstörter Porsche und eine gebrochene Nase nebst zertrümmertem Schlüsselbein erschienen ihm

zu milde für den Betrug, der ihm widerfahren war.
Dann, ein gutes halbes Jahr später, lernte er Undo kennen. Zunächst irritierte ihn der neue, aus Schweden kommende, EDV Sachverständige der Firma Finke & Sohn. Es dauerte eine geraume Weile, bis die Männer miteinander ins Gespräch kamen. Doch das ergab sich zwangsläufig, da auch Hubert ein Faible für alles, was die digitale Datenerfassung anbetraf hatte. Als die beiden einmal spät abends die Firma verließen, führten sie der Zufall in die nahegelegenen Internetkneipe. Hier hatten sie bei Bier und Korn eine interessante Unterhaltung.
„Siehst du, ich kann jeden Computer manipulieren, überall einen Virus einschleusen, denn ich habe eine gewisse Zeit eng mit dem schwedischen Geheimdienst zusammengearbeitet", brüstete sich Undo und führte seine Künste sofort vor, indem er sich mit ein paar Klicks in den Computer seines Firmenbosses hackte. „Aber Vorsicht, das mit dem Geheimdienst ist ein brisantes Thema", fügte er mit einem Blick über die Schulter hinzu.
„Wäre es theoretisch auch möglich, eine intelligentes Haus zu manipulieren", fragte Hubert vorsichtig, denn ihm kam ein grandioser Gedanke. Hatte Ingo nicht damit geprahlt, sich ein vollautomatisches, computergesteuertes Haus angeschafft zu haben.

„Das ist ganz einfach", Undo nahm einen kräftigen Schluck Bier und orderte eine Runde Korn. „Wirklich keine besondere Herausforderung. Ich könnte sogar die Bilder der Kameras abrufen, die sich im Haus befinden."
Hubert strahlte über das ganze Gesicht. „Mir kommt da eine Idee, noch ein Bier und ein Korn für mich und meinen Kumpel."

Wieder kicherte Hubert, rieb sich die Hände. Es kostete ihn seine letzten Vermögenswerte, aber nun hatte er, dank des kooperativen EDV Sachverständigen und ehemaligen Geheimdienstagenten, die volle Verfügungsgewalt über das Haus seines Widersachers. Er hatte es ein paar Mal ausprobiert; sobald Ingo das Haus verließ, schaltete er das Licht ein, setzte die Stereoanlage in Betrieb, warf diverse Küchengeräte an. Das alles ließ sich durch die im Haus installierten Kameras bestens überwachen. Einmal schaltete er, aus einer Laune heraus, den Kühlschrank aus und taute die Gefrierfächer ab. Das alles ergab zwar eine Riesensauerei in Ingos Küche, doch trotz aller klammheimlichen Freude besann sich Hubert wieder auf sein großes Ziel.
Heute wollte er endlich zur Tat schreiten und Ingo für alles erlittene Unbill bestrafen. Ein Klick - das Gas strömte mit einem Zischlaut aus dem luxuriösen Küchenherd, ohne

dass sich die Flamme entzündete. Fast war es zu einfach. Hubert würde dafür sorgen, dass das Gas weiter ausströmte, den ganzen Tag lang. Am Abend würde Ingo dann das Haus betreten und mit einem Händeklatschen die Lichtschalter betätigen. Ingo würde eine angemessene Feuerbestattung bekommen, samt seinem Haus.

Fieberig starrte Hubert auf den Computerschirm, auf dem die Bilder der Außenkamera flimmerten. Unzufrieden brummelte er, denn die Bilder erschienen ihm heute unschärfer als sonst. „Was soll's", sagte er sich. Ingo würde er schon erkennen können, alles andere war Nebensache.
Endlich wurde er für die lange Wartezeit belohnt: Der Banker fuhr vor, sprang mit sportlichem Kniefedern aus dem nagelneuen Porsche um zur Beifahrertür zu spurten und sie aufzureißen.
Der Herr hatte also Damenbesuch. Hubert grinste diabolisch, dann sollte die Schlampe, die sich mit diesem Kerl einließ eben auch zur Hölle fahren - ihm war das nur recht. Hubert schaltete auf die Kamera im Haus um, welche auf die Eingangstür gerichtet war. Er wolle sich den Anblick nicht entgehen lassen. Den Triumph in vollen Zügen auskosten. Sehen, wie der windige Betrüger in die Hände klatschte und so seinen Untergang besiegelte, das flammende Inferno in

Gang setzte. Er trocknete sich die schweißfeuchten Hände an der Hose ab, denn es war so weit, der Schlüssel drehte sich im Schloss. Ingo ließ seine Begleiterin vor sich eintreten.
„Um Gottes Willen, Carina", entfuhr es Hubert und mit fasziniertem Grauen sah er, wie seine Lebensgefährtin lächelnd in die Hände klatschte.

Der Kerl in meinem Bett

Der Kerl in meinem Bett wälzt sich auf die andere Seite. Er macht sich breit, richtig breit, besitzergreifend breit. Als ob es sein Bett wäre!
Gestern war er noch rücksichtvoll, gab sich gentlemanlike. Mit in die Jacke helfen, die Türen aufhalten, den Stuhl zurechtrücken. Wir hatten ein stilvolles Dinner, dann zogen wir durch die Bars, da gab er sich schon weniger stilvoll. Schließlich landeten wir in meinem Hotelzimmer, wo er eine mittelmäßige Vorstellung abzog, mich anschließend fragte, ob ich denn auf meine Kosten gekommen wäre. Bitte - wie soll ich das, wenn er schwitzt wie ein undichter Duschkopf? Jetzt jedenfalls schnarcht er in meinem Bett.
Immer das gleiche Spiel. Männer sind doch alle gleich. Erst sind sie motiviert, strengen sich an. Haben sie dich einmal im Bett, so denken sie nur noch an ihr Vergnügen. Springen auf üppige Kurven und dämliches Getue an. Intelligenz ist nicht wirklich gefragt.
Nun, zumindest ich werde meine Intelligenz unter Beweis stellen. Werde dafür sorgen, dass auch dem Kerl, der jetzt auf meinem Hotelbett schnarcht die letzte Nacht in unvergesslicher Erinnerung bleiben wird.
Ich ziehe die Gummihandschuhe an, nehme

das Rasiermesser in die linke Hand. Mit links kann ich besser schneiden, das habe ich vor einiger Zeit festgestellt. Er schläft fest, was kein Wunder ist. Schließlich habe ich ihm einen letzten Cocktail gemischt, der mit einer Megadosis Schlaf- und Betäubungsmittel angereichert war. Der Depp hat's nicht bemerkt.

Er wird jetzt nicht viel spüren, was ich einen Augenblick lang bedauere. Langsam, geradezu professionell setzte ich das Messer an. Kein Problem, ich habe das schon oft genug geübt. Ich schneide. Er stöhnt, windet sich ein bisschen, wacht jedoch nicht auf, scheint zusätzlich bewusstlos geworden zu sein, ganz von allein. Sein Puls ist jedenfalls kaum noch zu spüren. Keine Ahnung, bin schließlich keine Medizinerin.

Schließlich ist das Werk getan. Ich glaube er hat mehr geblutet als die Anderen. Wahrscheinlich wird er doch nicht überleben. Schade für ihn.

Jetzt muss ich jedenfalls noch einmal duschen. Was soll's, meine Koffer sind gepackt, ich kann dann sofort los. Nur noch darauf achten, dass ich den richtigen falschen Pass habe und die Perücke richtig sitzt. Jetzt noch das Schild ‚bitte nicht stören' an die Tür gehängt und auschecken.

Im Flieger atme ich tief durch. Heute war es ausgesprochen anstrengend. Ich lehne mich in meinem Sitz zurück und schließe die Augen.

„Schade", sagt eine tiefe Stimme neben mir.

„Wie bitte?" Ich wende mich dem Mann zu, der den Sitz neben mir hat, mustere ihn.

„Es ist schade, dass sie ihre schönen Augen geschlossen haben", sagt er und lächelt charmant. „Aber jetzt kann ich sie ja wieder bewundern."

„Kein Bedarf." Müde wende ich mich ab. ‚Er weiß nicht, was der für ein Glück hat', geht es mir durch den Kopf.

Ich habe eben meine Prinzipien. Mehr als eine Kastration in der Woche gestehe ich mir nicht zu ...

Wer bremst, verliert

„Wie du siehst hat Kirchner wieder seinen Wagen hier, das ist doch genau dein Fall", der Meister grinste seinen Gesellen kumpelhaft an. „Er ist der Meinung, dass die Bremsen gemacht werden müssen. Tuen wir ihm also den Gefallen. Der Typ fährt ständig zu schnell und steigt dann voll in die Klötze. Deshalb ist er wohl der Meinung, dass die Bremsbeläge ständig erneuert werden müssen."
Kevin grinste zurück. „Zugegeben, Alfons, vom Auto fahren hat er keine Ahnung, aber seine Schießbude hält er sauber. Anders als der Fliegenfänger, der im Tor deines Vereins steht."
Zwischen Kevin, dem Junggesellen der Mercedeswerkstatt Neuer & Söhne, und dem Werkstattmeister herrschte nicht immer Einigkeit, denn während der Geselle ein eingefleischter Fan des 1. FC Bismarck 05 war, besuchte Alfons jedes Fußballspiel der Borussia aus Nord Lüdenscheid. Beide Vereine standen in direkter Konkurrenz miteinander. Die treuen Fans hatten sich schon so manche Schlacht innerhalb und außerhalb der Stadien geliefert.
Alfons nickte seinem Gesellen zu. „Ja, Kirchner ist nicht schlecht, das muss ich zugeben. Ich habe da was läuten hören. Er scheint

einem Vereinswechsel nicht abgeneigt zu sein."

„Ach was, das glaubst du doch selber nicht. Einmal Bismarck, immer Bismarck, diesen Schwur hat unser Rafael selbst geprägt. Er wird niemals den Verein wechseln und schon gar nicht geht er zu unserem größten Feind. Träum weiter." Kevin schlug seinem Meister jovial auf die Schulter und wandte sich dem Mercedes CLK zu, um die Bremsbeläge zu erneuern.

Am Samstag traf Kevin sich mit seinen Kumpels vor dem Stadion. Heute spielte der 1.FC ausgerechnet gegen den Konkurrenten aus Nord Lüdenscheid.
„Denen werden wir's zeigen", grölte Patrick, Kevins bester Freund. „Die Zecken sollen nur kommen, wir stampfen sie ein. Die passen anschließend in einen Schuhkarton, aber alle Spieler zusammen."
„Genau", pflichtete Kevin ihm bei. „Ich habe mit Alfons, unserem Werkstattmeister, eine Wette laufen. Ein Fuffi, auf unsere Jungens, die sind in Hochform und Rafael hält sowieso die Kiste sauber. Das wird ein zu null Sieg."
Ein Mitglied der Clique wandte sich den Freunden zu. „Ich hab' da was gehört, ist sicher nur ein böswilliges Gerücht, aber es wird erzählt, dass der Rafael mit einem anderen Verein verhandelt. Sein Vertrag läuft

ja demnächst aus und es ist nicht sicher, ob er weiter beim 1. FC bleiben wird. Wenn ihm ein anderer Verein mehr bietet ..."

Kevin unterbrach ihn rüde. „Wo hast du denn so einem Mist gehört. Ich sage nur einmal Bismarck, immer Bismarck. Unser Rafael würde den Verein niemals verraten."

Doch jetzt wurde die Mannschaftsaufstellung verlesen und jeder in der Clique hatte damit zu tun, die Namen der einzelnen Spieler laut mitzugrölen. Nach dem Spiel galt es den Sieg zu feiern, denn der FC-Bismarck hatte seinen Gegner in Grund und Boden gespielt, was nicht zuletzt an der hervorragenden Leistung des Torwarts lag.

Am darauf folgenden Montag empfing Alfons den Gesellen mit denkbar schlechter Laune. Wortlos zückte er seine Geldbörse und drückte dem grinsenden Kevin den Wettgewinn in die Hand. „Dir wird das Grinsen auch noch vergehen", knurrte er. „Hast heute wohl noch keine Zeitung gelesen, was?"

„Ne, wieso? Sollte ich den Spielbericht noch mal lesen? Eigentlich reicht es doch, wenn ich eure Niederlage mit eigenen Augen gesehen habe. Die Schwachmatentruppe sollte sich wirklich mal einen anständigen Torwart zulegen."

Alfons Laune schien sich auf einen Schlag zu bessern. „Das haben wir tatsächlich getan.

In der Zeitung steht heute Morgen, dass Kirchner ab der nächsten Saison bei uns im Tor steht. Die Verträge sind schon unterschrieben. Euer Vorstand spuckt zwar Gift und Galle, aber das wird nicht ändern. Der Junge ist verpflichtet worden. Jetzt aber los, an die Arbeit. Wir sind schließlich nicht zum Vergnügen hier", mit diesen Worten ließ der jetzt gut gelaunte Meister Kevin mit weit offenem Mund stehen.

Die Spatzen pfiffen es von allen Dächern und jeder, außer Kevin, schien die Nachricht gehört zu haben: Rafael Kirchner wechselte zum Anfang der neuen Saison zur Borussia Nord Lüdenscheid und brachte dort die gewohnt gute Leistung, während der FC Bismarck, scheinbar durch den Vereinswechsel völlig überrascht, einen weniger guten Torhüter verpflichtete. Zwar betonte Rafael Kirchner in allen Interviews, dass er den Verein nicht aus finanziellen Gründen gewechselt habe, sondern um sich spielerisch weiter zu entwickeln, doch das nahmen ihm die Fans des 1.FC nicht ab. Auch eine öffentliche Entschuldigung wurde nicht akzeptiert, die Fans des 1.FC Bismarck 05 hatten ein neues Feindbild.

Auch Kevin erholte sich von diesem Schicksalsschlag nur langsam. Nie hätte er gedacht, dass Rafael zum Verräter werden würde. Er war tief enttäuscht und fühlte sich persönlich hintergangen. Um des schnöden Mammons willen hatte der Torwart den Verein gewechselt, den Schwur einmal Bismarck, immer Bismarck, gebrochen, da konnte der Verräter erzählen, was er wollte. Kevin dachte nicht daran, diesen Eidbruch zu vergesse. Inn etlichen schlaflosen Nächten reifte schließlich ein Plan in ihm. Wenn der Verräter nicht mehr für den 1.FC spielen wollte, so würde er überhaupt nicht mehr Fußball spielen, dafür würde Kevin sorgen.

„Hey, Kevin", Alfons winkte den Gesellen zu sich heran. „Dein bester Kumpel meint wieder mal seine Bremsen vernichtet zu haben. Es wird dir doch sicher ein Vergnügen sein, den CLK auf der Bühne zu haben."
Der Geselle zuckte die Schultern. „Was soll's, schließlich sind wir nicht zum Vergnügen hier, oder."
Verblüfft schaute ihm der Meister nach, denn scheinbar hatte Kevin die Niederlage mühelos weggesteckt.
Doch der Schein trog. Obwohl Kevin nach außen hin völlig unbeteiligt wirkte, so brodelte es in ihm. Am Liebsten hätte er das Auto mithilfe eines Wagenhebers komplett demoliert, doch sein Plan erforderte einen kühlen Kopf. Wenn man sich schon nicht auf die Treue Rafael Kirchners verlassen konnte, so auf seine mangelhaften technischen

Kenntnisse, denn er bestand darauf, alle viertel Jahre die Bremsbeläge zu erneuern. Natürlich erfüllte die Werkstatt seine Wünsche gern. Einerseits war er ein treuer Kunde und andererseits brachte die Zufriedenheit des genialen Torwarts der Firma Neuer & Söhnen eine Menge Prestige ein.
So erneuerte Kevin wieder einmal die fast neuen Bremsbeläge, doch statt die Bühne nach dem wechseln der Beläge herunterzufahren, beschäftigte er sich noch einen Moment mit der Bremsanlage des CLK.

Vorsichtig fuhr Kevin den Wagen aus der Werkstatt auf den vorgesehenen Parkplatz. Alles hatte so funktioniert, wie er es sich vorgestellt hatte. Die Bremsleitung zu zertrennen stellte kein Problem dar, der Wagen verlor kaum Bremsflüssigkeit, wie er es vorausgesehen hatte. Erst bei mehrmaliger Betätigung des Bremspedals würde der Wagen so viel Bremsflüssigkeit verlieren, dass das Fahrzeug letztendlich nicht mehr zu kontrollieren war. Der Geselle unterdrückte mit Mühe seine Glücksgefühle. Rafael Kirchner würde einen Denkzettel bekommen, an den er sein Leben lang denken würde.

Entsetzt ließ Kevin die Tageszeitung sinken. Sein so gut durchdachter Plan war auf ganzer Linie gescheitert, denn er hatte ein wichtiges Detail außer Acht gelassen. Heute würde er sich krankmelden. Er fühlte sich einfach nicht in der Lage, die Diskussionen der Kollegen über sich ergehen zu lassen und ob er jemals wieder bei Neuer & Söhnen arbeiten könnte - er wusste es nicht.

Newsticker einer großen deutschen Tageszeitung:
Tragischer Unfall, Werkstattmeister verunglückt mit Rafael Kirchners Mercedes
Ein tragischer Unfall ereignete sich heute Morgen auf der A 42. Werkstattmeister Alfons H. fuhr auf einer Probefahrt mit Kirchners CLK frontal gegen einen Brückenpfeiler. Kirchner hatte seinen CLK in die Werkstatt gegeben, um die Bremsen reparieren zu lassen.
Die näheren Umstände des Unfalls sind noch nicht bekannt, doch geht die Polizei von einem Unglücksfall aus.

Denken sie an Störtebeker

Der Mann betrat torkelnd die Arztpraxis.
„Einen Moment, ich muss noch das Rezept ausdrucken", informierte ihn die Sprechstundenhilfe am Empfang und winkte ungeduldig mit der Hand. Mühsam hielt sich der Patient am Empfangstresen fest und harrte der Dinge.
„So, jetzt zu ihnen. Haben sie einen Termin?", fragte die Dame streng, worauf der Patient den Kopf schüttelte.
„Dann wird es schwierig. Der Doktor ist heute allein und das Wartezimmer brechend voll. Wollen sie nicht lieber morgen wiederkommen oder besser noch einen Termin vereinbaren? Nächste Woche Donnerstag wäre noch etwas frei", erklärte sie nach einigem blättern. Sie blickte auf. „Du meine Güte, sie sehen echt krank aus. Wenn sie warten wollen, dann schaue ich mal, ob ich sie dazwischenschieben kann, Herr ... äh ... Schnabel."
„Danke", murmelte der Angesprochene. „Ich habe Schmerzen in der Brust und ich bekomme kaum noch Luft."
„Ich werde sehen, was ich tun kann. Setzen sie sich ins Wartezimmer, bitte."
Herr Schnabel betrat das Wartezimmer, wo alle Sitze belegt waren. Zu seinem Glück bot ihm ein mitfühlender Zeitgenosse seinen Platz an.

Endlich, kurz vor Praxisschluss, wurde Herr Schnabel als letzter Patient aufgerufen. Langsam betrat er das Behandlungszimmer, setzte sich dem Arzt gegenüber.
Der Doktor sah nicht auf. „Was führt sie zu mir? Wie geht es ihnen?", fragte er über seine Akten gebeugt.
„Jetzt geht es mir gut", erklärte der Patient. „Als ich herkam, hatte ich Schmerzen in der Brust und Atemnot. Nun ist alles weg."
„Dann machen sie mal den Oberkörper frei", sagte der Arzt und schaute den Patienten an. Was er sah, gefiel ihm gar nicht. ‚Starrer Blick, wächserne Haut. Er hätte viel früher in die Praxis kommen sollen', dachte er bei sich und setzte das Stethoskop an. Merkwürdig, er konnte nichts hören und schüttelte das Arbeitsgerät energisch. Noch immer nichts. Der Arzt nahm ein anderes Stethoskop aus der Schublade und versuchte es erneut.
„Verflixt", mit diesem Ausruf fühlte er nach dem Puls des Patienten. „Sie haben keinen Puls", murmelte er und tastete weiter auf dem Handgelenk herum. Schließlich ließ er die Hand sinken. „Sie haben keinen Puls", wiederholte er.
„Ich weiß", antwortete Herr Schnabel. „Das liegt daran, dass ich tot bin. Schon seit mindestens einer Stunde. Aber weil ich sowieso hier bin, möchte ich wissen, woran ich gestorben bin."

„Herzinfarkt", krächzte der Arzt.
„Dachte ich mir", antwortete der Patient.
„Das gibt's doch nicht", flüsterte der Doktor.
„Doch, denken Sie an Störtebeker", erklärte Herr Schnabel und fiel zu Boden. Der Arzt starrte ihn einen Augenblick lang an, dann nahm er den Telefonhörer ab und wählte die Nummer des Notarztes.

„Der Mann ist seit mindestens einer Stunde tot. Warum haben sie uns erst jetzt gerufen?", fragte der Notarzt nach einer kurzen Untersuchung.
„Seit einer Stunde tot, das hat er auch gesagt. Aber er ist erst gerade ins Sprechzimmer gekommen, weil er nämlich seine Todesursache wissen wollte."
„Das gibt's doch nicht", erklärte der Notarzt entschlossen.
„Doch, denken sie an Störtebeker", flüsterte der Doktor.
Sein Gegenüber musterte ihn kurz. „Ist gut, ich verstehe. Ich denke es wird das Beste sein, wenn ich ihnen eine Spritze gebe. Nur zur Beruhigung, Herr Kollege. Und vielleicht sollten sie sich etwas ausruhen. Ich wüsste da eine wirklich gute Einrichtung für sie ..."

Die verschwunden Jungfrau

Hans Beierlein, seines Zeichens Magier, lugte vorsichtig um die Ecke und versuchte die Stimmung im Publikum aufzufangen. Positiv, die Schwingungen waren eindeutig positiv, beruhigte er sich. Die Leute schienen in guter Stimmung zu sein. Also stand dem großen Durchbruch nichts mehr im Wege denn für den heutigen Abend hatte er einen ganz besonderen Trick vorbereitet.
Leider verliefen seine Vorstellungen nicht immer reibungslos. Wie oft hatte er ein Kaninchen aus dem Zylinder ziehen wollen und seine Hände griffen ins Leere. Auch die zahllosen Tauben, welche wohl verwahrt im Inneren seines Fracks schlummerten und von ihrem großen Auftritt träumten verschwanden irgendwo im Nirwana. Nun, das konnte er verschmerzen, zumal er auf Federn und Tierhaare allergisch reagierte und die Viecher öfter allesamt weit weg gewünscht hatte.
Doch an Anna, die schwebende Jungfrau, mochte er gar nicht denken. Sie hatte eine Zeit lang als seine Assistentin das Programm bereichert, bezauberte ihn mit ihrem niedlichen Lächeln. Es entwickelte sich ein Verhältnis intimerer Natur, Anna war richtig heiß, konnte gar nicht genug von ihm bekommen. Das galt nicht für ihn, denn bald schon hatte Beierlein die Nase voll. Anna

störte seine magischen Kreise, nahm ihm die Konzentration. Er begann auch auf sie allergisch zu reagieren und wünschte sie zum Kuckuck oder besser direkt an den Nordpol, wo sie in Ruhe abkühlen konnte.
Dann geschah es: Als er wieder einmal den altbewährten Trick mit ihr als schwebendem Objekt auf die Bühne brachte, war es zur Katastrophe gekommen. Was während der Zeit des Turtelns wunderbar funktioniert hatte, misslang vollständig, denn als er das schwarze Tuch von der schwebenden Anna wegzog, war auch sie verschwunden. Er hatte, zwischen Verblüffung und Erleichterung schwankend, das Tuch fallen lassen und sich suchend umgeschaut. Gut, dass das Publikum in diesem Fall an einen besonderen Gag glaubte und heftig applaudierte. Doch Hans wusste es besser, denn Hasen, Tauben, die schwebende Anna und in einem Fall ein kleines schwarzes, ihm sehr unsympathisches Hängebauchschwein tauchten nie wieder auf. Nach und nach begann er ernsthaft an seinen magischen Fähigkeiten zu zweifeln, verfiel immer mehr in eine Aversion gegen sich selbst.
„Erleben sie jetzt Abrakus, den Meister die Magie", ertönte es lautstark. Beierlein straffte sich, setzte sein geheimnisvollstes Lächeln und den Zylinder auf, betrat mit elastischen Schritten die Bühne und verbeugte sich formvollendet.

Zur Auflockerung begann er mit einigen simplen Kartentricks, um anschließend den Zylinder mit gekonntem Schwung auf seinem Zaubertischchen abzusetzen. Er murmelte eine Zauberformel, griff zögernd in den Zylinder, hielt vorsichtshalber die Luft an. Doch es gab keinen Grund zur Sorge, er ertastete weiches Fell. Seine Finger schlossen sich um ein Paar lange Ohren und schon zog er den verdutzt aus der Wäsche blickenden Hasen aus dem Hut, dem ein paar weiße Tauben hinterher flatterten und sich auf der Schulter des Zauberers niederließen. Applaus brandete auf. Bierlein wippte entschlossen auf den Zehenspitzen und wappnete sich für den entscheidenden Auftritt.

„Meine Damen und Herren", begann er, während im Hintergrund ein Trommelwirbel seine Ansage untermalte. „Heute werden sie eine Premiere erleben. Ich, der große Abrakus, werde vor ihren Augen gefesselt in eine Kiste steigen, die anschließend in einem Wasserbecken versenkt wird. Doch keine Sorge, es wird mir ohne Mühe gelingen mich mit Hilfe meiner magischen Fähigkeiten zu befreien um unversehrt vor ihren Augen aufzutauchen."

So geschah es, der Magier wurde gefesselt, in die Kiste gesperrt und versenkt. Luftblasen blubberten, während die Kiste langsam nach unten trudelte, sanft auf Grund stieß, um dort bewegungslos stehen zu bleiben. Ein schwarzes Tuch senkte sich über das Bassin.

Sekunden
Minuten
eine Viertelstunde
passierte nichts.

Dann hob sich das Tuch zögernd, wie von Geisterhand. Dem staunenden Publikum offenbarte sich ein leeres Wasserbecken. Erst vereinzelt, dann immer heftiger brandete der Beifall auf. „Unglaublich!" „Sagenhaft!" „Unvorstellbar!", erklang es begeistert aus dem Zuschauerraum.
Einige Minuten später betrat ein leicht betretener Conférencier die Bühne. „Meine Damen und Herren", begann er zögernd. „Das war der große Abrakus. Sein magisches Verschwinden wird uns ein ewiges Rätsel sein. Wir fahren in wenigen Minuten mit dem Programm fort."

„Verdammter Dilettant! Hast du es endlich geschafft dich selbst hier hin zu befördern?", ertönte Annas missgelaunte Stimme. Hans sah sich verwirrt um. Er saß pudelnass mitten in einer weißen Einöde und fror gewaltig. Die Kiste lag neben ihm in einer riesigen Wasserpfütze, die eben dabei war, sich in eine eisige Rutschbahn zu verwandeln.

Anna, die von Kopf bis Fuß in Kaninchenfell gewickelt war, näherte sich ihn drohend. An ihrem Gürtel baumelte ein großes Messer. „Mir wäre es wesentlich lieber, du hättest wieder ein Hängebauchschwein oder wenigstens ein Karnickel hergezaubert. Ich bin eben, anders als die Einheimischen, ein Fleischfresser. Der ewige Fisch hängt mir zum Hals raus." Sie taxierte ihn, lächelte niedlich, während sie das Messer zückte. „Du hast eine ordentliche Speckschwarte bekommen, seit ich dich das letzte Mal gesehen habe ..."

Die fromme Helene

„Diese Frau will nur dein Geld, das habe ich dir schon oft genug gesagt. Übrigens ist sie dick und nicht sehr ansehnlich. Du hast wirklich etwas Besseres verdient." Mutti fixierte ihren Sohn mit strengem Blick.

Der duckte sich ob dieser harten Worte, blieb aber eisern. Heinz staunte selbst über seine Standfestigkeit, doch wie hatte Helene, seine zukünftige Frau, gesagt: „Heini, wir werden ein wundervolles Leben haben. Deine Mutter wird sich schnell an die Situation gewöhnen. Wir holen sie zu uns, denn schließlich ist in unserem neuen Haus genug Platz vorhanden. Die zwei Zimmer neben dem Dachboden sind so gemütlich. Dort kann sie sich ein Nest bauen und ist ganz nah bei uns. Ich werde alles tun, damit sie sich schnell heimisch fühlt."

Diese und ähnliche Ausführungen gaben ihm die Kraft, das Gespräch mit seiner Mutter durchzustehen. Er straffte sich. „Mutter, ich werde Helene heiraten, egal was du sagst. Sie ist die Richtige, davon hat sie mich überzeugt. Sie wird auch dich umstimmen können und alles tun, damit wir eine harmonische Beziehung zu dritt führen."

Heinis Mutter stockte der Atem, denn sie erkannte ihren Jungen nicht wieder. Mit seinen 42 Jahren hatte Heinz bisher bei ihr zu Hause gelebt und sich niemals so ener-

gisch gegen ihren Willen gestellt. Das musste am Einfluss dieser unmöglichen Person liegen. Vor kurzem hatte sie ihren Sohn dazu gedrängt, sich einer Partnerschaftsagentur anzuvertrauen. Schließlich wurde sie nicht jünger und die Hausarbeit fiel ihr seit einiger Zeit schon etwas schwerer. Sie war davon ausgegangen, dass der Junge sich eine fügsame Frau suchen würde. Etwas Hübsches, Schlankes, so wie auch sie in ihrer Jugend gewesen war: gut aussehend, grazil aber doch gediegen und sich für keine Arbeit zu schade. Heinz hatte sich erstaunlich schnell für eine Bewerberin entschieden und schilderte seiner verzückt Mutter ihre Vorzüge.
Als ihr Sohn dann die Auserwählte präsentierte, war sie aus allen Wolken gefallen. Diese Person entsprach so gar nicht ihren Vorstellungen: Nicht sehr ansehnlich, unvorteilhaft gekleidet und mehr als füllig machte Helene schnell klar, wer in Zukunft das Sagen haben würde. Sicherlich konnte sie fest zupacken, war aber ansonsten einfach inakzeptabel. Heinz schien blind und taub vor Liebe zu dieser Person zu sein, denn er schlug alle guten Ratschläge seiner Mutter in den Wind. Zu allem Unglück hatte er sich jetzt auch noch dazu entschlossen, dieser Person seinen Namen zu geben. Mutti seufzte schwer und nahm sich vor, bis zum bittern Ende zu kämpfen. Schließlich

ging es um das Lebensglück ihres geliebten Sohnes.

Die Hochzeit überstand sie mithilfe ihrer Rescuetropfen und einer Packung Baldrian. Wie sie schon erwartet hatte, gab sich die angeheiratete Verwandtschaft genau so unmöglich wie die strahlende Braut. Auch hier schien Heinz mit Blindheit geschlagen zu sein. Vermutlich hatte die mit allen Wassern gewaschene Helene ihm heimlich bewusstseinsverändernde Mittel eingeflößt. Anders konnte sich die besorgte Mutter sein Auftreten nicht vorstellen.

So machte sie eine gute Miene zum bösen Spiel, bezog wirklich die zwei unschönen Zimmer neben dem Dachboden, die ihre Schwiegertochter für sie vorgesehen hatte, und richtete sich mehr schlecht als recht ein. Die Räumlichkeiten ließen zu wünschen übrig, waren klein, zugig und ungemütlich, doch sie versuchte einstweilen Ruhe zu bewahren und auf eine Gelegenheit zu warten, um die ungeliebte Schwiegertochter los zu werden.

Diese Gelegenheit ergab sich schon bald, denn Helene entpuppte sich als geborene Heimwerkerin. Bisher hatte Heinz, dem jegliche handwerkliche Fähigkeit fehlte, immer die Hilfe eines Fachbetriebes in Anspruch genommen. Helene, die es vorzog ihre Arbeit nach der Hochzeit aufzugeben und nur für ihren Mann da zu sein, wie sie mit gekonnt treuherzigem Augenaufschlag betonte, führte alle Maler-, Installations- und Elektroarbeiten eigenständig aus.

„Schatz, sei bitte vorsichtig, wenn du die Steckdosen erneuerst, denn das ist nicht ungefährlich", warne Heinz seine Frau, während er sie verklärt anlächelte.

Die grinste nicht weniger dumm zurück. „Mach dir keine Sorgen, mein Hase. Ich bin es gewohnt, alles selbst in die Hand zu nehmen."

Mutti, die sich das Geplänkel von der oberen Etage aus anschaute, wurde es fast körperlich schlecht. Wie tief war ihr geliebter Junge nur gesunken. Es musste wirklich etwas geschehen.

Sie wartete auf das Geräusch der sich schließenden Wohnungstür und schlich sich an der schraubenden Helene vorbei in den Keller, wo sich der Sicherungskasten befand. Erwartungsgemäß hatte die Schwiegertochter die infrage kommenden Sicherungen ausgeschaltet. Mit einem kleinen Lächeln klappte Mutti die Schalter in die ‚an' Stellung und wartete ab. Nach ein paar Minuten schien sie Erfolg zu haben, denn sie hörte einen Schmerzenslaut und gleich darauf einen lauten Rums. Glücklich schwebte sie die Kellertreppe hinauf, um sich einer benommen auf dem Fußboden sitzenden Helene gegenüberzusehen.

„Aber, was ..." stammelte Mutti erschrocken.

Sie hatte nicht damit gerechnet, dass die Heimwerkerin den Stromschlag einfach so wegstecken würde. Doch die erholte sich sichtlich und funkelte ihre Schwiegermutter böse an. „Wie kommst du in den Keller? Und sag mir jetzt nicht, dass du die Sicherungen wieder eingeschaltet hast!"
„Aber Kind! Bei mir oben ist der Strom ausgefallen und ich wollte dich damit nicht behelligen. Anscheinend habe ich die falschen Sicherungen angemacht." Mutti lächelte mühsam, während Helene sie abschätzend musterte. „Ach so. Na dann solltest du dich schnellstens in deine Räumlichkeiten begeben und dich vorerst nicht wieder blicken lassen."

Dieser Versuch war also fehlgeschlagen, doch so schnell gab die zu allem entschlossene Mutti nicht auf. Heute Vormittag wollte ihre Schwiegertochter eine Lampe im Korridor anbringen und balancierte bereits auf der wackeligen Leiter.
Dieses Mal hatte Mutti nichts dem Zufall überlassen. Einen großen, mit allerlei Hausrat befüllen Umzugskarton vor sich her tragend stapfte sie die Treppe zum Untergeschoss hinunter. Helene hielt, den Schraubenzieher in der Hand, einen Augenblick inne. „Du wirst jetzt nicht in den Keller gehen", knurrte sie. „Falls du oben wieder keinen Strom hast, so musst du warten, bis

ich fertig bin."

„O, ich will gar nicht an den Sicherungskasten", gurrte Mutti und näherte sich weiter, nicht ohne den Karton demonstrativ noch höher zu heben. „Ich will nur diesen Karton einlagern."

Jetzt war sie in der richtigen Position und ließ das schwere Behältnis gegen die Leiter knallen. „Ups", glugste sie, während Helene krampfhaft versuchte das Gleichgewicht zu halten, was ihr nicht gelang. Die Leiter krachte zusammen und die Unglückliche stürzte schwer. Sie blieb benommen liegen, während das Blut aus einer Platzwunde an ihrem Kopf auf den Fußboden rann. Mutti musterte ihre Schwiegertochter kurz und hob wieder den Karton.

„Um Gottes willen", erklang eine wohlvertraute Stimme und Heinz stürzte auf seine Frau zu.

Langsam stellte seine Mutter den Karton ab. „Und ich habe sie noch extra ermahnt, vorsichtig zu sein", sagte sie sanft.

„Aller guten Dinge sind drei", murmelte Mutti, während sie verbissen an einer der Schrauben rüttelte. Ihre Schwiegertochter befand sich nach dem schweren Sturz von der Leiter im Krankenhaus und Mutti nutzte die Gelegenheit um einen weiteren Plan in die Tat umzusetzen. Endlich hatte sie die letzten Schrauben gelockert und besah sich zufrieden das Ergebnis. Auf den ersten Blick war nicht zu erkennen, dass die Fensterbank bei größerer Belastung nach außen wegkippen würde. Jetzt galt es Geduld zu haben, denn dieses Mal würde es gelingen, das wusste sie genau.

„Der Tag ist so schön, ich setzte mich ein wenig auf die Gartenbank", informierte sie ihre Schwiegertochter, die ihr mürrisch zunickte. „Das ist eine gute Idee, dann kann ich in Ruhe die Fenster im Obergeschoss putzen und muss nicht dauernd auf der Hut sein."
'Wenn du wüsstest.' Mutti machte es sich im Garten bequem und harrte der Dinge die da kommen würden. Ihr Warten wurde belohnt, denn nach einiger Zeit vernahm sie das Geräusch des sich öffnenden Schlafzimmerfensters. Vorsichtig taxierte sie noch einmal den Einfallwinkel. Nein, sie würde nicht gefährdet sein. Mit einem seligen Lächeln hörte sie die Fensterbank protestierend knarren. Die Schwiegertochter schien schwerer zu sein, als erwartet. Umso besser, so konnte nichts schief gehen. Dann ein überraschtes Grunzen. Ein Körper schlug nicht weit von ihr auf der Terrasse auf.
Heinz war sofort tot.

„Jetzt pass mal gut auf, du hässliches altes Weib. Es wird Zeit, dass wir Tacheles reden." Helene beugte sich ihr so nah zu, dass Mutti jedes einzelne, prächtig sprießende Nasenhaar erkennen konnte. Unwillkürlich schauderte es sie.

„Du hast mir die Arbeit ja Gott sei Dank abgenommen. Ich bin deinen mickerigen Sohn los und habe die fette Lebensversicherung kassiert. Es ist ein Segen, dass er an dem bewussten Tag früher nach Hause gekommen ist und unbedingt das Fenster putzen wollte. Du hast die Schrauben wirklich geschickt gelockert. Halt den Rand!"

Mutti klappte den Mund zu und duckte sich ein wenig.

„Wage es nicht, auch nur ein Wort zu sagen, immerhin habe ich deinem Muttersöhnchen eine prima Beerdigung spendiert", fuhr die Schwiegertochter fort. „Ich würde dir sogar erlauben, weiter in meinem Haus zu wohnen. Schließlich habe selbst ich ein Herz. Allerdings müsstest du eine kleine Formalität erledigen. Deine Unterschrift kommt hier unten hin."

Mit einem sparsamen Lächeln schob Helene ihrer Schwiegermutter die Versicherungspolice über den Tisch.

Mörderische Knödel

„Ihr Kinderlein kommet", vor sich hin summend faltete Maria den Papierbogen, band ihn in der Mitte zusammen und befestigte die Silberkugel.
Ja, dieser Weihnachtsengel sah genau so schön aus, wie alle anderen. Sie legte ihn vorsichtig auf den großen Haufen mit fertig gebastelten Tischdekorationen. Schließlich sollte in diesem Jahr alles perfekt sein. Sie strahlte, denn sie freute sie sich heuer ganz besonders auf das Fest. Es würde keinem anderen gleichen, dafür hatte sie schon lange im Voraus gesorgt. Die Familie würde, auf ihr hartnäckiges Betreiben hin, vollständig versammelt sein. Sogar Onkel Eduard, der sein nicht unbeträchtliches Vermögen gewöhnlich an der Cote d'Azur verringerte, hatte seine Anwesenheit angekündigt. Auch Tante Elisabeth, eine eher menschenscheue, ständig mäkelnde alte Jungfrau, ließ sich durch die Zusicherung, die Mitternachtsmette zu besuchen locken.
Maria seufzte tief. Nur ihre liebe Mutter, Gott habe sie selig, würde nicht anwesend sein. Wie bedauerte sie es, dass die Gute bereits im letzten Jahr verstorben war und so nicht an dem Dinner teilnehmen konnte, welches Maria servieren würde. Sie sollten speisen wie die Könige, denn dieses würde ihre letzte Mahlzeit hier auf Erden sein.

Das Arsen hatte Maria kurz nach dem Tod ihrer Mutter gefunden, als sie den Dachboden aufräumte. Wie das Gift in den wurmstichigen alten Küchenschrank gekommen war, konnte sie nicht sagen. Ihre Mutter hatte es nie erwähnt, der Vater konnte diesbezüglich keine Angaben mehr machen, er war vor langer Zeit an akutem Nierenversagen gestorben. Vielleicht war es irgendwann einmal zur Ungezieferbekämpfung angeschafft und dann vergessen worden. „Arsen", der Name stand, bekrönt von einem Totenkopf, groß und gefährlich auf der harmlos aussehenden Blechbüchse. Maria stand lange gedankenverloren auf dem Dachboden und hielt die Dose mit dem weißen Pulver in der Hand. Schließlich befeuchtete sie einen Finger, tauchte ihn vorsichtig ein und kostete. Es schmeckte etwas metallisch aber eigentlich nach gar nichts. Langsam stieg ein Gedanke in ihr hoch.

Doch bevor Maria ihren großen Plan in die Tat umsetzen konnte, galt es zu testen, ob das Gift nicht durch die lange Lagerung wirkungslos geworden war. Als Proband drängte sich der lästige Nachbarskater geradezu auf. Er streunte in allen Gärten herum und hatte Maria mehr als einmal mit seiner Anwesenheit belästigt. So fand Peterle bei seinem nächsten Abstecher in den Nachbargarten einen gut gefüllten Napf vor und ließ sich den Inhalt munden. Das die

Menschenfrau, welche ihn sonst mit giftigen Blicken verfolgte und, wenn sie sich unbeobachtet wähnte, mit Steinen nach ihm warf, ihn wohlwollend bei der Nahrungsaufnahme beobachtete, irritierte ihn ein wenig. Jedoch tat das seinem Appetit keinen Abbruch. Im Gegenteil, er leerte den Napf bis auf den letzten Krümel Khiswas und begab sich anschließend zu einem ausgiebigen Mittagsschläfchen auf das Dach des Gartenhauses, von wo er sich nach einiger Zeit schmerzgeplagt in Richtung Heimat humpelte. Voller Genugtuung beobachtete Maria das Tier. Sie stellte erleichtert fest, dass der Kater offensichtlich an heftigen Krämpfen litt. Also hatte das Arsen durch die lange Lagerung nichts von seiner Wirkung eingebüßt. Sie konnte es bedenkenlos verwenden. Sie nahm sich vor, der Nachbarin in der nächsten Zeit einmal einen netten Blumenstrauß über den Gartenzaun zu reichen, das war sie ihr schließlich schuldig, denn Peterle würde sich wohl nicht wieder erholen.

Nun, da diese Hürde genommen war, galt es die Familie vollständig zu versammeln. Was bot sich da eher an, als das Fest der Liebe. So begann Maria damit, bei jeder Gelegenheit Einladungen auszusprechen. „Wie wäre es, wenn wir uns in diesem Jahr zu einem gemütlichen Essen versammeln würden, so wie es früher einmal war, als meine liebe Mutter noch für uns alle gekocht hat?"

In der Tat war das gemeinsame Weihnachtsessen der Familie in Marias Elternhaus früher die Regel gewesen. Als jedoch der Vater auf so mysteriöse Weise verstarb, wurde getuschelt, erst leise, dann immer lauter. Auch war die Mutter nicht mehr so gern gesehen, wurde nur noch ab und zu eingeladen. Die so Geschnittene machte sich nichts daraus, stellte den Kontakt zur böswilligen Verwandtschaft von sich aus ein. „Die neiden mir doch nur meine gute Witwenrente", hatte sie ihrer Tochter erklärt.

Mit den Jahren war es wieder zu einer Annäherung gekommen, doch vermochte Marias Mutter ihrer Verwandtschaft nicht zu verzeihen und beklagte sich oft bitterlich bei ihrer Tochter. „Blut sollte dicker als Wasser sein, doch unsere Verwandten haben uns in Stich gelassen und verleumdet. Das sollen sie mir irgendwann büßen!"

Nun, Maria würde dafür sorgen, dass ihrer Mutter posthum Gerechtigkeit widerfuhr, das hatte sie sich fest vorgenommen. So überredete sie nach und nach die Onkel und Tanten, nebst Anhang, an einem schönen Weihnachtsessen teilzunehmen, dass sie selbst zuzubereiten gedachte. Ein traditionelles Mahl mit Gänsebraten, Blaukraut und den legendären Kartoffelknödeln nach dem Originalrezept ihrer Mutter. Diese Knödel würden allerdings eine neue Zutat bekommen.

Sie hatte alles genau geplant und jeden Tag eine kleine Dosis Arsen zu sich genommen. Zu ihrem Erstaunen ging es ihr so gut wie nie und sie erhöhte die Dosis nach und nach. So hoffte sie gegen das Gift gefeit zu sein, während ihre Mitesser so jämmerlich sterben würden wie Peterle, der Kater. Wenn sie mit den Anzeichen einer Vergiftung ins Krankenhaus käme – um so besser, sie würde als Einzige überleben. Doch das würde sich ergeben, jetzt galt es sich auf das Nahziel zu konzentrieren.

„Heute Kinder wird's was geben."
Die Dekoration stand an ihrem Platz, der Tisch war hübsch gedeckt und Maria bester Dinge. Mit roten Apfelbäckchen erledigte sie die letzten Handgriffe.
Einige Zeit später allerdings stieg ihr die Zornesröte ins Gesicht, denn noch immer fehlten die Gäste. „Ach was", murmelte Maria vor sich hin, während sie die Gans liebevoll begoss. „Ich werde die Soße jetzt anrühren und die Knödel schon einmal ins Wasser tun. Dann muss ich sie eben warmstellen." Eben hatte sie den Gedanken in die Tat umgesetzt, als es an der Tür läutete. Wie groß war Marias Erstaunen, als sie sich dem Ortspolizisten gegenübersah. Die Nachricht, die er überbrachte, ließ sie wohlig erschauern. Die Onkel und Tanten hatten auf das Betreiben des wohlhabenden Onkel Edu-

ards hin einen Kleinbus gemietet, den der scheinbar angeheiterte Onkel selber fuhr.
„Was soll ich dir sagen. Der Bus ist von der Fahrbahn abgekommen und frontal gegen einen Baum geknallt", Hubert, der Polizist schüttelte traurig mit dem Kopf, während Maria seinen Schilderungen atemlos lauschte.
„Und?", fragte sie gespannt. Ein Schulterzucken und ein abgrundtiefer Seufzer waren die Antwort.
„UND???", Maria hatte vor Spannung die Finger ganz fest ineinander verschränkt.
„Alle tot!"
Um ein Haar hätte Maria einen lauten Jauchzer ausgestoßen, doch sie fing sich im letzten Augenblick. „Darauf brauche ich einen Schnaps", murmelte sie und ging in die Küche. Hubert folgte ihr schnüffelnd. „Hier riecht es aber gut!"
Maria schob ihm ein gefülltes Schnapspinnchen über den Küchentisch. „Hier, mein Lieber, den kannst du zur Stärkung gebrauchen."
Hubert zögerte einen Augenblick, griff dann aber beherzt zu. „Hast ja Recht. Das war schon ein grausiger Anblick. So was sieht man hier nicht alle Tage."

Am nächsten Morgen erwachte Maria mit einem gehörigen Brummschädel. Mühsam richtete sie sich auf und blickte irritiert um sich. Tatsächlich, sie lag völlig bekleidet auf dem Klappsofa im Wohnzimmer. Diese Kopfschmerzen! Sie ließ sich matt in die Sofakissen sinken, um im nächsten Moment kerzengerade zu sitzen.

Es war Huberts letzter, ziemlich betrunkener Satz der sie alarmierte.

„Weißt was, Maria. Es ist so schade um das gute Essen, deine Verwandtschaft kann damit nix mehr anfangen. Ich pack das ein und bringe es den Kollegen im Präsidium. Die freuen sich darüber, wo sie schon an Weihnachten Dienst schieben müssen. Ein bisschen was nehme ich mir mit nach Hause, wo ich doch deine Kartoffelknödel so sehr liebe!"

Die Ewigkeit für uns

„Auf uns, mein Liebes", er hebt sein Sektglas, trinkt einen Schluck. „Es ändert sich nie etwas", sinniert er, während er sich umschaut. „Hier am Meer ist es immer gleich."
„Immer gleich ... das Meer ..." Sie steht im Schatten, ist nur schemenhaft zu erkennen. Ihre Stimme ist nicht mehr als ein Windhauch.
Er setzt sich bequemer hin. „Der Sand ist feucht, auf diesem Felsen sitze ich wenigstens trocken. Ich spüre, dass die Flut kommt. Ich muss bald gehen."
Sie ist jetzt deutlicher zu erkennen, legt den Kopf schief, hört ihm stumm zu, wie sie es immer getan hat.
Er bekommt glänzende Augen. „Weißt du noch? Unsere erste große Reise! Du und ich auf dem Motorrad kreuz und quer durch Schottland, mit wenig Geld und viel Enthusiasmus. Welch ein Zufall, dass wir diese Grotte entdeckten, dass gerade Ebbe war. Wir liebten uns an diesem verschwiegenen Ort, mussten vor der einsetzenden Flut flüchten." Er seufzt wehmütig. „Wie oft haben wir uns vorgenommen diesen Platz noch einmal zu besuchen. Alles ist anders gekommen." Hier stockt er, schluckt an seiner Trauer.
Sie berührt ihn sacht, nur ein Windhauch.
„Du fehlst mir so!", bricht es aus ihm heraus.

„Ich sitze auf dem Motorrad, meine dich hinter mir zu spüren. Fühle deine Arme, wie du sie um mich legst und weiß doch genau, dass es nicht so ist. Ich bin so allein ohne dich! Wie konntest du mir das antun!"
„... antun", wispert sie.
„Ja", er spuckt die Worte gleichsam aus. „Wie konntest du mich nur betrügen? Ich tat alles für dich, schenkte dir meine ganze Liebe ...", hier verstummt er.
„... meine ganze Liebe", wieder nur ein Hauch von ihr.
Er fährt fort ohne ihre Worte zu beachten. „Ich genügte dir nicht, du wolltest mich nicht mehr, hast mich betrogen, verraten. Hast über mich gelacht." Er vergräbt den Kopf in den Händen. „Über mich gelacht", wiederholt er. „Was sollte ich tun, ich konnte dich nicht aufgeben."
Sie hat sich aus dem Schatten gelöst, ist ihm plötzlich ganz nah, streicht ihm sacht durchs Haar, beruhigt ihn durch die Berührung.
Er lächelt gequält. „Ich tat das Richtige, brachte dich hier her. Hier waren wir glücklich." Noch einmal hebt er sein Glas, trinkt es in einem Zug leer. „Alles Gute zum Geburtstag, mein Liebes."
Wieder der Hauch ihrer Berührung. „Trink noch etwas, auf mich, auf uns, auf unser ewiges Zusammensein."
Zögernd gießt er sich ein weiteres Glas ein.

„Nur noch dies eine, die Flut kommt." Er nippt nachdenklich an seinem Sekt. „Das Gift wirkte schnell. Es hat dich sanft einschlummern lassen. Nun gehörst du mir allein, niemand kann dich mir wegnehmen."

Er erwacht, springt erschrocken auf. Das Wasser umspielt den Felsen auf dem er sich niedergelassen hat.
„Ich muss jetzt gehen, die Flut..."
Er spürt ihre Berührung so intensiv wie nie zuvor, sie lässt ihn erschauern.
„Du hast alle Zeit der Welt. Die Flut steigt schnell. Jetzt haben wir die Ewigkeit für uns."

Sieben Leben

Der Schrei lässt mich weiterhasten. Diffuses Dämmerlicht umfängt mich, nicht hell, aber auch nicht dunkel. Ist es Tag oder Nacht? Ich weiß es nicht, es ist nicht wichtig. Nebelschwaden um mich herum. Sie lecken an mir wie düstere Zungen, sind rot wie geronnenes Blut. Ich renne, doch der Nebel hängt wie Sirup an mir, lässt mich quälend langsam vorankommen. Alles muss ein grausamer Alptraum sein, aus dem ich vergeblich zu erwachen versuche.

Ich mühe mich ab, um zu entkommen. Unsagbarer Schmerz durchzuckt mich, aber ich muss weiter. Hinter mir höre ich Schritte. Der Mann verfolgt mich immer noch. Bis auf sein blasses Gesicht ist er nur schemenhaft zu erkennen, denn alles an ihm ist schwarz wie die Hölle. Er hetzt mich schon die ganze Zeit, will mich mit sich in den Abgrund ziehen, aus dem er hervorgekommen ist.

Wieder höre ich den grausamen Schrei, reiße die Arme hoch, um meine Ohren zu bedecken. Diese Bewegung lässt mich straucheln. Schnell rappele ich mich auf, ich habe keine Zeit zu verlieren. Er ist mir dicht auf den Fersen.

Weiter geht die Flucht, wieder quälend langsam. Der Nebel scheint sich noch verdichtet zu haben, ist sein williger Helfer,

umfängt mich, leistet allen Bemühungen zu entkommen Widerstand.
Er kommt näher, schon spüre ich seinen keuchenden Atem im Genick. Voller Verzweifelt bleibe ich stehen, wende ich mich um, registriere, dass eine dunkle Flüssigkeit von seinen ausgestreckten Händen tropft. Auch seine Kleidung ist besudelt.
Plötzlich weiß ich genau, dass es Blut ist, dass dickflüssig an ihm herab rinnt. Es ist nicht sein Blut, es ist der Lebenssaft, den er jemandem genommen hat. Ich renne panisch weiter, mobilisiere die letzten Kräfte, komme an die Brücke, die über den Fjord führt. Ich betrete sie, versuche das andere Ufer zu erreichen, hoffe dort in Sicherheit zu sein.

Plötzlich ist der Nebel verschwunden. Kaltes, silbernes Mondlicht umfängt mich, lässt das Wasser unter mir glitzern. Ich blicke mich um, kann ihn nicht sehen. Verwirrt beuge ich mich über das Geländer, schaue auf das spiegelglatte Wasser.
Da ist er wieder. Er schwebt auf der Wasseroberfläche, beobachtet mich aufmerksam. Auch sein bleiches Gesicht ist blutverschmiert. Er hebt die Hände, schaut sie an. Ich sehe gleichzeitig mit ihm das dunkle geronnene Blut auch auf meinen Händen, meine blutverschmierte Kleidung. Was habe ich getan? Oder war er es?

„Du hast wieder getötet. Du musst es beenden. Jetzt, sofort", wispert es in meinem Kopf. Du nahmst sieben Leben."
Die Stimme wird immer lauter, dröhnt in mir. „Sieben Leben, sieben Mal Rausch und Lust. Sieben Mal Qual und Leid. Beende es, jetzt, sofort!"
Ich kann das Dröhnen nicht mehr ertragen. Es foltert mich, so wie ich meine Opfer gefoltert habe. Oder war er es? Gibt es einen Unterschied zwischen ihm und mir?
„Du bist er!", kreischt es in meinem Kopf. Gemeinsam reißen wir die Arme hoch, er und ich. Bedecken die Ohren mit den Händen. Sein Mund öffnet sich weit, doch den Schrei stoße ich aus.
Plötzlich wird es still um mich. Die Stimme ist verstummt. Ich schaue ins Wasser und weiß, dass es nur eine Lösung gibt. So beuge ich mich weit über die Brüstung, falle ihm entgegen. Endlich habe ich meinen Frieden.

Das Geisterhaus

Beklommen schaute ich mich um, denn ich fühlte mich nicht wohl in meiner Haut, ganz und gar nicht wohl. Das Haus, welches von außen düster und baufällig wirkte, machte innen einen noch schlimmeren Eindruck, strahlte Verfall aus, roch nach Fäulnis und Moder und nach einer undefinierbaren Gefahr.

„Mir gefällt es hier nicht", dieses Mal sprach ich den Gedanken laut aus, während ich meiner besten Freundin folgte, die unbeirrt weiter in das Innere des alten Hauses trampelte.

„Stell dich nicht so an", erwiderte sie und grinste ironisch. „Meine kleine Andy. Soll ich dein Händchen halten? Nicht, dass ein böser, böser Geist vorbeikommt und Sex von dir will." Sie legte im Weitergehen den Kopf in den Nacken und stöhnte laut: "OOOhhhh, nimm mich, ich bin so heiß!"

Dieser Ausbruch ließ mich kichern. Sie hatte ja Recht, Geister gab es nur in alten Schauermärchen.

Vor einer massiv aussehenden Tür blieben wir stehen. Während mir schon wieder mulmig wurde, war Iris nicht zu bremsen. Sie stemmte sich gegen die Tür, die schließlich mit einem Ächzen aufschwang. „Los, komm schon, du Angsthase." Sie zerrte mich in das dunkle Zimmer, wo sie sich sofort daran machte, die zerschlissenen Vorhänge, welche zersplitterte Fensterscheiben in maroden Fenstern verbargen, aufzuziehen. Dass sie dabei die staubig - muffigen Fensterbehänge vollends zerstörte, schien sie nicht zu kümmern. Eine gespenstisch trübe Helligkeit sickerte in den Raum und ließ erkennen, dass wir uns im Salon befanden. Vor einem riesigen Kamin standen schwere, lakenverhangene Möbel, an der gegenüberliegenden Wand trauerte ein Spinett besseren Tagen hinterher. Davor stand eine zierliche Bank, auf die ich mich sinken ließ, denn ich hatte endgültig die Nase voll von diesem alten Gemäuer. „Mir reicht's, ich gehe keinen Schritt weiter. Wenn du dir das Haus weiter ansehen willst, so muss du das allein tun. Ich warte hier so lange, aber beeil dich."

„Mach dir nicht gleich ins Höschen. Ich schaue mir nur mal kurz die erste Etage an. Wer weiß, vielleicht finde ich ja etwas Wertvolles." Nach einem gewollt gelangweilten Blick durch den Raum schlüpfte Iris zur Tür hinaus und polterte bald die Treppe zum Obergeschoss hinauf.

Ich blieb beklommen auf der Bank sitzen. Wie oft hatte ich mich schon von meiner besten Freundin überreden lassen? Wie oft hatte ich für sie den Kopf hingehalten? Iris besaß ein ausgesprochenes Talent dazu, anderen ihren verzapften Blödsinn in die

Schuhe zu schieben. Doch irgendwie hing ich an ihr. Sie hatte zwar eine große Klappe und konnte mich zuweilen ganz schön niedermachen, aber ich konnte genauso gut eine Menge Spaß mit ihr haben.
In diesem Fall ging es um das alte, verwahrloste Herrenhaus, welches inmitten eines dschungelartigen Parks lag. Um dieses Anwesen rankten sich die wildesten Legenden. Es hieß, dass die Besitzer alle eines unnatürlichen Todes gestorben waren. Von bösartigen Geistern und unaussprechlichen Geschehnissen war die Rede, von Besessenheit und Teufelsaustreibungen. Die Leute erwähnten das Haus möglichst nicht, jedermann machte einen großen Bogen um das Anwesen. Der jetzige Eigentümer, ein, laut Iris, schnuckeliger Mittdreißiger, ließ sich ab und zu blicken, scheinbar um nachzusehen, ob das Haus endlich in sich zusammengefallen war.
Meine verrückte Freundin versuchte schon seit längerer Zeit, mich zu einem Abstecher in das Geisterhaus zu bewegen. Heute war es ihr gelungen. Vielleicht, weil ich es leid war, ihr ständiges Gerede über das Haus anzuhören. Vielleicht aber auch, weil ich mich selbst auf eine merkwürdige Weise von dem alten Gemäuer angezogen fühlte. Dabei flößte es mir eine an Panik grenzende Angst ein.

Trotzdem saß ich jetzt auf der alten Bank vor dem Spinett. Probehalber schlug ich ein paar Tasten an und sah mich, trotz aller Beklommenheit, neugierig um. Der Raum erschien mir riesig, fast unwirklich in seiner nebelhaften Düsterkeit.
„Nebel, das ist ja Unsinn", dachte ich, doch ohne Zweifel war ich von wabernden Nebelschwaden umgeben. Fröstelnd stand ich auf, während der Nebel immer dichter wurde. Fast kam es mir vor, als würden weiße Finger nach mir greifen. Gleichzeitig hörte ich leise Musik, so als wäre das Spinett zum Leben erwacht. Entsetzt öffnete ich den Mund, um zu schreien, doch ich brachte keinen Ton heraus.

Ich schlief tief. Das Erwachen war mühsam, fast unmöglich. Zu lange schon hatte ich hier verbracht, starr und kalt, unfähig die Augen zu öffnen, doch meiner bewusst. Der Todesschlaf hielt mich gefangen, ließ mich von dunklen Schatten, aufgerissenen Venen, Blut und der Lust des Lebennehmens träumen. Doch jetzt rührte etwas an mir, zog und zerrte, ließ mich nicht weiter in meinen Träumen schwelgen. Ich hörte die Musik, leise, kaum wahrnehmbar. Meine Melodie. Sie lockte, verhieß ein neues Leben.

„Hey, guck mal was ich gefunden habe! Das lag in einer ollen Truhe, ganz am Ende des oberen Flures."

Iris stand vor mir und hielt mir ein schmales, schmuddeliges Buch unter die Nase. „Was ist los", sie musterte mich prüfend. „Du bist ja ganz weiß um die Nase, ist dir ein Geist begegnet?"

„Ich weiß auch nicht, plötzlich war es hier so komisch ... nebelig, oder so ... hast du die Musik gehört?", fragte ich atemlos.

„Welche Musik?", meine Freundin schüttelte den Kopf. „Und wo bitte schön ist hier Nebel? Das ist Staub! Du spinnst ganz schön."

Ich kam mir lächerlich vor, denn der Raum lag friedlich vor mir. Es war zwar immer noch düster, aber vom Nebel fehlte jede Spur und auch die Musik war nicht zu hören. Bestimmt war meine Fantasie mit mir durchgegangen.

„Du bist sicher kurz eingenickt, das kommt davon, wenn man die halbe Nacht mit seinem Freund herumfährt." Iris schüttelte in gespielter Verzweiflung den Kopf. „Was ihr wohl so getrieben habt? Wenn das deine Eltern wüssten, wo sie doch dachten, dass du bei mir übernachtest."

„Nun hör schon auf, wir haben bloß geknutscht!" Sie brachte mich mit solchen Bemerkungen immer auf die Palme, was in diesem Fall in Ordnung war, denn ich vergaß vor lauter Empörung meine Beklemmung, den Nebel und die gespenstische Musik. „Jetzt zeig schon her, was hast du da?" Meine Freundin klappte das Buch auf und ließ mich hineinschauen. Gemeinsam blätterten darin herum. Jemand hatte in einer altmodischen, verschnörkelten Schrift Sprüche aufgeschrieben. Ab und zu gab es Erläuterungen und Zeichnungen, die nicht besonders gut zu erkennen waren.

„Man, das ist ja cool", seufzte Iris begeistert. „Ich glaube das sind lauter Zaubersprüche, wie bei Harry Potter. Bloß, dass sein Zauberbuch entschieden dicker ist. Schau mal hier", sie hielt einem Moment inne und wies auf einige Verse. „Da steht was von Kontakt mit den Anderen. Was meinst du."

Ich beugte mich über den Text. „Kontakt aufnehmen ... Anderen ... kommen ...", entzifferte ich mühsam. „Was für ein Blödsinn und wie komisch das geschrieben ist. Lass uns gehen. Wenn du es unbedingt weiterlesen willst, so nimm das Buch einfach mit. Ich jedenfalls habe für heute genug von diesem alten morschen Kasten."

Oh, wie unendlich schmerzhaft das endgültige Aufwachen war! Doch das magische Werk war aufgeschlagen worden und auch der Melodie konnte ich nicht widerstehen. Sie rief fast vergessene Erinnerungen wach. Wie groß mein Entsetzen war, als ich erkannte, dass es mich zurück an jenen Ort, an dem ich so viel Lust und doch so viel Leid erfahren hatte zog. Der Ort, an dem er mich in jenen unsäglichen Todesschlaf versetzt hatte ... Ich war nicht achtsam gewesen, hatte ihn verachtet und mir kaum die Mühe gemacht, das magische Werk vor ihm zu verbergen. Er kam mir so simpel vor, so tumb wie alle Sterblichen, voller Eitelkeiten. Ich ließ ihn zu lange existieren und er erkannte die eine Möglichkeit, um zu überleben ... Der Ruf wurde schmerzhaft und unerträglich sehnsuchtsvoll zugleich. Ich wehrte mich vergeblich, musste ihm folgen, er holte mich zurück, zog mich hinein in den Kreis.

„Sie schafft es doch immer wieder", dachte ich, während ich Iris beim Anzünden der Kerzen zusah. Wir saßen im Salon, zwei schwarze Kerzen und das Buch in einem Kreidekreis zwischen uns. Zusätzlich hatte sie ein Pentagramm um den Kreidekreis gemalt und in jede Ecke ein Teelicht gestellt.
Meine Freundin wollte einfach keine Ruhe geben. Sie musste unbedingt eine Geisterbeschwörung veranstalten, denn davon hatte sie ausführlich gelesen. Natürlich konnten wir nicht einfach einen netten Abend in ihrem oder meinem Zimmer verbringen, bequem sitzen, Schokolade essen, Wein trinken und einen freundlichen Geist beschwören. Die Veranstaltung musste unbe-

dingt im alten Haus stattfinden. Die nötige Formel für das Anrufen ‚der Anderen' und den genauen Hergang der Beschwörung fand sie in dem im Haus gefunden Buch, das eher einer Kladde glich, in der sich jemand Notizen gemacht hatte. Wer dieser Jemand gewesen war, ließ sich leider nicht erkennen, doch die altmodische Handschrift und auch die Ausdrucksweise ließen erkennen, dass er oder sie schon lange nicht mehr lebte. Die Überredungskünste meiner Freundin zeigten Wirkung, denn nach und nach kam es mir der Gedanke das Haus noch einmal zu besuchen und dort die Geister anzurufen gar nicht mehr so abwegig vor. Merkwürdig, meine Angst schien plötzlich nicht mehr zu existieren und so ließ ich mich gerne überreden.

„Also, ich fange jetzt an", Iris räusperte sich ausführlich und leierte mit Grabesstimme die Beschwörungsformel herunter. Die Kerzen flackerten sanft, doch sonst geschah nichts. Enttäuscht sahen wir uns um.

„Kein Geist in Sicht, ich glaube sowieso nicht, dass das funktioniert", grinste ich erleichtert, doch Iris ließ nicht locker. „Na komm schon, einen Versuch machen wir noch. Dieses Mal beschwören wir die Anderen zusammen." Sie reichte mir das Buch. „Da, du kannst ja ablesen." Zunächst zögernd, dann immer sicherer las ich die Formel laut vor. Iris sprach sie aus dem Ge-

dächtnis nach. Der letzte Satz lautete: „So wyl ych, us freyem Wylen, eyns seyn."
Eine unmerkliche Verschiebung der Wirklichkeit schien vor sich zu gehen, ließ uns wie in Trance immer wieder diesen einen Satz sprechen. Leise zuerst, doch bald schon hallten die Worte laut in meinem Kopf, ergaben eine Melodie. Sanfte silbrig klingende Töne, wie von einem Spinett.

Ich musste dem Ruf folgen, der mich hineinzog in den Kreis, der immer lauter wurde. Bald hallte seine Melodie in mir wider. Das Spinett erklang, wie in lang vergangener Zeit.
Ich erkannte sie: zwei junge, starke Menschen. Mich überkam eine unbändige Lust, ihre Körper zu besitzen, ihre Kraft aufzusaugen, für mich zu vergeuden. Vorsichtig, so wie ich es immer getan hatte, berührte ich ihr Innerstes, ihre Möglichkeiten ertastend, das Leben, das sie mir schenken würden, erahnend. Eine der beiden enttäuschte mich. Sie schien im ersten Moment stark zu sein, doch sie konnte mich nicht täuschen. Kaum hatte ich sie berührt, so zuckte sie zurück, wandte sich wie ein Wurm, wimmerte um Gnade. Nun, sie war es nicht wert, von mir zum wirklichen Dasein erweckt zu werden. Ich würde mich später um sie kümmern. Die Andere war es, die ich erwählte. Sie versuchte sich zu sperren, errichtete eine, wenn auch lächerli-

che Mauer, um mich auszusperren. Doch das gelang ihr nur für einen Wimpernschlag. Schon bald spürte ich sie ganz. Ihr Ich erschien mir stählern. Ein köstliches Gefühl ließ mich wohlig erschauern. Ich würde meine Freude an ihr haben, sie mit mir vereinen, gemeinsam alle Genüsse, unsere unbegrenzte Macht auskosten. Sie würde mir dankbar sein, denn ich würde ihr das ewige Leben schenken.

Ich spürte meinen Körper wieder, reckte mich genüsslich. Ich hatte all zu lange in bewegungsloser Starre verharrt. Meine Finger sahen perfekt aus. Lang und feingliedrig schienen wie für das Spiel auf dem Spinett gemacht.
Ich setzte mich auf meinen Hocker, schlug ein paar Takte meiner Melodie an. Die Töne erklangen silbrig und wunderbar. Wie lange hatte ich das vermissen müssen. Leben in einem Körper, jung und stark, durch mich perfekt. Ich hatte fast vergessen, wie sich das anfühlte. Ich stand auf, drehte mich um die eigene Achse, breitete die Arme aus, lachte vor Entzücken. Nun galt es, das Haus in seinem alten Glanz auferstehen zu lassen. Das würde mir nicht schwerfallen. Der damalige Herr des Hauses war mir hörig gewesen. Sein Nachfahre würde mir genauso wenig Widerstand leisten können. Nur, dass ich jetzt gewappnet war und ihm keine Ge-

legenheit geben würde, mich noch einmal zu töten. Oh, ich würde meinen Spaß haben, doch jetzt musste ich mich erst einmal stärken.
Iris starrte mich mit weit aufgerissenen Augen an. Von ihrer früheren Selbstsicherheit und Dominanz war nichts mehr zu spüren. Ich lächelte sie zärtlich an. „Du musst keine Angst haben", flüsterte ich ihr zu. „Es tut nicht weh, du wirst, während du mir deinen Lebenssaft schenkst ganz friedlich einschlafen." Ich nahm sie, die nun in von mir köstlich anmutendem Grauen unbeweglich dasaß, in die Arme. „Dein letzter Gedanke soll der sein, dass du mit deiner Geisterbeschwörung wirklich erfolgreich warst."

Nachtwache

Der eiskalte Wind peitschte den Regen vor sich her, die Welt versank im grauen Nichts. Zu allem Überfluss fing es jetzt auch noch an zu gewittern. Ich verfluchte einmal mehr meinen Job und zog den Regenmantel eng um den Hals zusammen. Während der Rest der Welt sich in der warmen Stube aufhielt, hatte ich als Nachtwächter hier meine Pflichten zu erfüllen. Manchmal fragte ich mich, was es auf diesem Gelände eigentlich noch zu bewachen gab. Die Fabrikhalle wurde längst nicht mehr genutzt, die Gebäude verfiel zusehends. Auch das Terrain ringsum gammelte vor sich hin. Doch jeden Abend, pünktlich um 20 Uhr, trat ich meine Schicht an, löste den Kollegen von der Tagschicht ab. „Keine besonderen Vorkommnisse", meldete er jedes Mal grinsend und verabschiedete sich mit einem lapidaren: „Viel Spaß auch", um am nächsten Morgen wieder zu erscheinen.

Ich saß in der Pförtnerloge, gleich im Eingangsbereich des ehemaligen Bürotraktes und vertrieb mir die Zeit mit dem Lösen von Kreuzworträtseln. Das Radio dudelte vor sich hin, die Kaffeemaschine blubberte. Manchmal verirrte sich eine Fliege in den Kasten aus Glas und summte verzweifelt an der Scheibe entlang, vergeblich den Ausgang suchend. Ich erlöste sie Mithilfe des

Kreuzworträtselheftes von ihrer Qual. Alle zwei Stunden war ein Kontrollgang über das Gelände, zur Fabrikhalle angeordnet. Diese Vorgabe erfüllte ich gewissenhaft, wenn mir auch nicht klar war was das überhaupt sollte. So ging es Nacht für Nacht, ein ewiges, ödes Einerlei. Wie oft wünschte ich mir, dass etwas Aufregendes passieren würde. Einbrecher, die ich auf frischer Tat erwischte oder eine Begegnung mit mysteriösen Außerirdischen, wie es immer wieder im Fernsehen zu erleben war.

Der Regen sickerte mir in den Kragen und ich legte einen Schritt zu, um die Fabrikhalle zu erreichen. Plötzlich erschien es mir, als hätte ich einen Schatten vorbei huschen sehen. Ich ließ einen Augenblick den Kragen los und fuhr mir über die Augen, was zur Folge hatte, dass der Regen ungehinderten Zugang fand und mir den Rücken herunter lief. Nein, ich hatte mich getäuscht. Außer mir war sicherlich niemand so wahnwitzig, bei diesem Wetter hier herumzulaufen. Wie um meine Gedanken zu bestätigen blies mir der Wind eine dunkle Folie um die Ohren.

„Jetzt recht es aber wirklich!", schrie ich wütend.

Wie zur Bekräftigung erhellte ein gewaltiger Blitz die Umgebung. Ein ohrenbetäubender Donnerschlag folgte. Im gleichen Augenblick flackerte meine Taschenlampe und erlosch. Ich rüttelte kräftig daran, doch das half nicht, ich stand im Dunkeln. Doch selbst als sich meine Augen an die Dunkelheit gewöhnt hatten, sah ich ihn nicht. Erst als er mich mit seinen langen Krallen packte, bemerkte ich ihn. Er verströmte einen ekelerregend betäubenden Geruch nach verdorbenem Fisch, der mich würgen ließ. Seine Fratze näherte sich meinem Gesicht, verschlagene gelbe Augen fixierten mich auf unheimliche Weise. Er öffnete das geifernde Maul. Mit einem Schlag wurde mir klar, dass ich es hier mit einem Dämonen zu tun hatte. Besser gesagt hatte der Dämon mich, nämlich in seinen Krallen. Ich wollte nicht sterben, noch nicht! Verzweifelt murmelte ich ein Gebet.

„Sag mal, betest du?", fragte der Dämon mit einer seltsam hohen Stimme. Ich nickte stumm, denn es verschlug mir die Sprache.

„Beim hässlichen Kopf meiner scheußlichen Großmutter, du betest tatsächlich. Das ist ja unglaublich", quiekte der Dämon.

„Hast du eben scheußliche Großmutter gesagt", entfuhr es mir.

Der Dämon nickte mit dem deformierten Kopf, fuhr aber gleich darauf zusammen, was mich noch mehr erstarren ließ. Sicher würde er mich jetzt fressen, doch stattdessen lockerte er seinen Griff.

„Verflixter Mist. Diese Kopfschmerzen! Ich bin extrem wetterfühlig, musst du wissen", erklärte er.

Was immer dieses Ding darstellte, sicherlich war es kein Dämon. Jedermann weiß, dass Dämonen böse Teufelsgeschöpfe sind, die Menschen fressen und noch Schlimmeres mit ihnen anstellen. Jedenfalls reden sie nicht von Wetterfühligkeit und Großmüttern.

„Was bist du?", fragte ich deshalb neugierig. Das Ding grinste, was seine Fratze noch fürchterlicher aussehen ließ. „Ich bin eine kleine Biene", gluckste es. „Was ist das denn für eine blöde Frage. Wonach sehe ich aus? Ich bin natürlich ein Dämon."

„Das glaube ich nicht, sonst hättest du mich schon längst gefressen", sagte ich. Obwohl ich immer noch Angst hatte, konnte ich mir diese Bemerkung nicht verkneifen, denn ich wollte der Sache auf den Grund gehen. Selbst ein Nachtwächter begegnet normalerweise keinem Dämon. Schon gar keinem, der Kopfschmerzen hat und beim Sprechen wie ein Ferkel quiekt.

Das Ding verzog sein Gesicht, sah beinahe beleidigt aus. „So, so, das glaubst du also von mir? Dass ich herumlaufe und Leute fresse? Dass ich immerzu und überall ein Blutbad anrichte? Wahrscheinlich glaubt ihr Menschen auch noch, dass wir das Licht hassen und nur in der Finsternis existieren können."

„Eben, und dass ihr Geschöpfe des Satans seid", fügte ich eifrig hinzu.

Das Ding schüttelte sich. „Diesem pelzigen Idioten mit dem Pferdefuß soll ich dienen? Was ist das denn für ein Mist? Dir haben sie wohl ins Gehirn...."
„Ja nun", unterbrach ich. „Das erzählt man sich eben so von euch."
„Blödsinn, ich bin ein vernünftiger Bewohner dieses Planeten und will prinzipiell meine Ruhe haben."
„Aber warum seid ihr Dämonen dann so in Verruf geraten", fragte ich und setzte hinzu: „Falls du wirklich einer sein solltest."
„Das ist ne lange Geschichte", murmelte er. „Willst du sie wirklich hören?"
„Ja, ich habe die ganze Nacht Zeit."
Der Dämon, denn langsam glaubte ich doch, dass es sich um einen solchen handelte, beschnupperte seine Achselhöhlen. Anschließend kratzte er sich dort ausgiebig und fuhr sich mit der Zunge darüber. „Aber hier wird es mir zu nass, nachher erkälte ich mich noch, obwohl ich ziemlich abgehärtet bin", erklärte er. „Übrigens hätte ich gerne ein Glas Milch. Wie wäre es, wenn du mich in deine Behausung einlädst?"
Ich beschloss mich für heute Nacht über gar nichts mehr zu wundern. „Na, ja, Milch habe ich nicht, aber wenn du mitkommst in die Pförtnerloge, dann kann ich dir einen Kaffee anbieten. Trocken und warm ist es dort auch."
„Ich weiß nicht? Bist du dir ganz sicher,

dass ich mitkommen soll?", murmelte der Dämon und roch an seinen Füßen.
Bevor er sich diese auch noch kratzen und ablecken konnte machte ich eine einladende Bewegung in Richtung der Loge. „Ja, bitte komm doch mit in meine ... äh ... Behausung. Ich bin nachts sowieso immer allein. Wir können uns bei einer Tasse Kaffee viel besser unterhalten."
So trabte der Dämon hinter mir her. Ab und zu brummelte er vor sich hin, aber ich beschloss keine Notiz davon zu nehmen. In der gläsernen Pförtnerloge angekommen setzte er sich auf den Boden. „Ich glaube kaum, dass deine Sitzgelegenheiten mein Gewicht aushalten", stellte er folgerichtig fest.
Während ich ihm einen Becher Kaffee einschüttete, musterte er seine Umgebung. „Beim Vollbart meiner Schwester, hier verbringst du deine Tage und Nächte?"
„Eher die Nächte, aber jetzt erzähl mal: Warum seid ihr Dämonen so unbeliebt?", drängte ich ihn.
„Och, da gibt es nicht so viel zu erzählen. In erster Linie ist das wohl so, weil wir für euch Menschen so hässlich sind." Er schaute an sich herab. „Schau doch selber, grüne Haut und nicht mal Haare! Kein bisschen Fell." Er trank seinen Kaffee und rülpste laut. Die Loge wurde von dem überwältigenden Gestank nach faulem Fisch überflu-

tet.
„Und ihr stinkt gewaltig", stellte ich fest und öffnete die Tür.
Der Dämon sah beleidigt aus, scheinbar handelte es sich um ein besonders empfindliches Exemplar. „Das findet ihr. Was wisst ihr denn schon von Wohlgerüchen." Er schnüffelte laut und andauern. „Du stinkst mir auch gewaltig, Menschlein, aber ich halte das aus ohne zu klagen", fügte er hinzu. „Also, zum Thema. Wir Dämonen sind ein friedfertiges Völkchen. Wir bleiben zumeist unter uns, weil wir uns so am wohlsten fühlen. Wir ernähren uns vorwiegend vegetarisch. Nicht immer, aber vorwiegend. Ich muss zugeben, dass ich eine Schwäche für Fisch habe", hier blinzelte er schelmisch.
Es verwunderte mich, aber ja länger ich es mit diesem seltsamen Geschöpf zu tun hatte, desto besser verstand ich seine Miene zu deuten. Meine Angst war schon längst verschwunden, ich war einfach neugierig auf die Geschichte des Wesens.
„Wir lieben die Sonne und ihre wärmenden Strahlen. Ein Wetter wie heute ist auch für uns äußerst unangenehm."
Hier unterbrach ich meinen dämonischen Freund. Er kam mir inzwischen sehr vertraut vor. Ich verstand gar nicht mehr, wieso ich überhaupt Angst vor ihm gehabt hatte.
„Aber sag mal, wenn ihr nicht gern bei Re-

genwetter unterwegs seid, warum bist du dann heute draußen? Hättest du nicht besser zu Hause vor dem Kamin bleiben können."

Der Dämon lächelte mich an. „Ja, das hätte ich, aber manchmal überkommt mich ein unbeschreibliches Verlangen. Ein Verlangen, dem ich nicht widerstehen kann. Dann muss ich einfach raus, egal wie dunkel und kalt es ist."

„Oh, wirklich. Das klingt ja interessant. Wonach verlangt es dich so sehr?"

„Das werde ich dir schon noch erzählen", erklärte der Dämon. „Du hast es ja selbst gesagt, wir haben die ganze Nacht Zeit. Jetzt lass mich weitererzählen: Prinzipiell sind wir ein friedliches Völkchen, wie ich bereits erwähnte. Wenn der Jagdtrieb uns nicht ab und zu überkommen würde. Dann können wir ganz schön wild werden. Doch haben wir einen Ehrenkodex, den kein anständiger Dämon brechen würde. Ich glaube wegen dieses Triebes verabscheuen uns die Menschen. Dabei sind sie auch nicht besser, im Gegenteil. Wir Dämonen haben ein funktionierendes gesellschaftliches System. Niemals würde einer von uns seinen Mitdämonen auch nur ein Haar krümmen. Das kann man von den Menschen nicht behaupten. Sie bringen sich reihenweise gegenseitig um und das wegen Kleinigkeiten."

„Das hast du wohl recht", murmelte ich. Ei-

ne unglaubliche Müdigkeit überkam mich. Alles um mich herum verschwamm in einem angenehmen Nebel. Nichts war wichtig, ich fühlte mich eigelullt von der Stimme meines dämonischen Freundes.
Der Dämon schien aufgestanden zu sein, denn er ragte turmhoch über mir auf. Sein Maul verzog sich auf eigenartige Weise. Seine Stimme hatte sich verändert, war schon seit einiger Zeit nicht mehr hoch und winselnd. Ein tiefes Grollen kam aus seinem Brustkorb.
„Eines solltest du noch wissen, mein Freund. Wir Dämonen sind bekannt dafür, dass wir niemals die Wahrheit sagen. Wir sind tückische Lügner und wir tun alles, um unsere Beute in Sicherheit zu wiegen." Er packte mich mit seinen Klauen. „In ganz besonderen Nächten, packt uns ein unstillbares Verlangen nach Fleisch. Doch es gibt das eherne Gesetz, das von allen Dämonen eingehalten wird. Es lautet: Wenn du einen Menschen verschlingst, dann nur, wenn er bereit dazu ist. In deinem Fall würde ich sagen, du bist nur zu bereit. Du hast mich ja geradezu angefleht, mit in deine Behausung zu kommen. Ich werde dich jetzt erlösen."
Der Gestank nach faulem Fisch umhüllte mich. Als der Dämon seine Klauen in meine Halswirbelsäule schlug, hörte ich ein trockenes Knacken, dann wurde es dunkel und totenstill ...

Pulsierendes Rot

Ich verschmelze mit den Schatten. Träge wälzen sie sich durch die engen Straßenschluchten, lassen mich unsichtbar werden. Kalt, ich erstarren fast vor Kälte.
Vorhin, auf dem Dach des Hauses fühlte ich mich lebendig, fühlte warmes Pulsieren unter zarter Haut. Liebkoste, bevor ich ihr das Leben nahm. Ein Biss, köstliches, warmes Blut, ein spielerischer Stoß nur. Ihre leere Hülle stürzte in den Abgrund. Weit unten dann der Aufprall. Ein bleicher Schatten auf dem Asphalt.
So bleich ist sie, so kalt ohne das pulsierende Rot.
Stimmen.
„Sie ist wohl gesprungen, wollte sich das Leben nehmen."
Ich erwache aus meiner Starre, denke amüsiert: ‚Gesprungen, ach tatsächlich, ist sie das?'
„Aber wieso ist hier kein Blut?", klingt es ratlos, schockiert. Ich gestatte mir ein Lächeln. Narren allesamt, sie haben keine Ahnung. Prüfend nehme ich Witterung auf. Ihr Geruch ist verschwommen, nichtssagend.

Weiter, es ist Neumond, perfekt für die Jagd. Bin noch lang nicht gesättigt, spüre meine Kraft, unmenschlich ist sie, berauschend. Plötzlich ein Gebäude, abseits der anderen,

heruntergekommenen Häuser. Laute Musik, Lichter, Gelächter.
Erinnerungsfetzen überfluten mich. Hier war ich in einem anderen Dasein. Tanzen, lachen, Zärtlichkeit. Ein seltsam leichtes Gefühl prickelt in mir, verbunden mit der Erinnerung an ein lächelndes Gesicht. Es gehört zu einem jungen Mann. Ich drücke mich in die altvertrauten Schatten. Vorbei. Dieses Leben gibt es nicht mehr. Was ist geblieben? Nebelhafte Bruchstücke, verblasste, verstörende Gedanken an Glück, Wärme, Geborgenheit. Sie bringen einen tiefen Schmerz, denn ich weiß, dass ich nun eine Kreatur der Dunkelheit bin. Eine kalte Jägerin, die nach warmem Blut giert.

So warte ich, die Nacht ist noch jung, Zeit spielt keine Rolle. Schließlich kommen sie aus dem Gebäude. Jung sind sie alle miteinander, riechen verlockend.
Halt, da ist ein ganz besonderer Duft, der mich sofort betört, heraussticht, metallisch ist und bitter süß. Die Witterung aufnehmend folge ich Spur, habe Glück. Bald trennt sich die Gruppe. Ich folge lautlos dem ganz besonderen Geruch, bin dicht hinter der Person, die ihn verströmt. Es ist ein Mann, jung, schlank, attraktiv, mit hellem Haar, doch das interessiert mich nicht. Der Duft ist es, der mich fasziniert, in den Bann schlägt.

Endlich kommt meine Gelegenheit. Wir sind allein zwischen den dunklen Häusern. Als ich ihn stelle, schaut er mich überrascht an, schüttelt meine Hand voller Abscheu ab, will sich abwenden. Doch ich halte ihn fest, zwinge ihn, mich anzusehen.
Erkennen in seinem Blick. Ein heiseres Flüstern: „Bist du es? Herrgott, was ist los mit dir? Du siehst ekelhaft aus!"
Er weicht zurück. Ich lasse es zu, weiß, dass er nicht flüchten kann. Wie ein Tier in einer Falle sieht er um sich, macht einen Schritt rückwärts, fällt.
Es ist keine große Wunde, eine Abschürfung nur, aus der ein wenig Blut sickert.

Ich komme zur Besinnung. Hocke über den Toten gebeugt, habe seinen Lebenssaft bis auf den letzten Tropfen getrunken.
Im Aufstehen blicke ich noch einmal in sein wächsernes Gesicht, erstarre. Das andere Leben, ein Lächeln - er ist es.
Plötzlich schmeckt sein Blut bitter auf meiner Zunge. So bitter, wie mein Dasein jetzt ist ...

Nachtportier

Mathias reckte sich und schaute auf seine Armbanduhr, es war kurz nach Mitternacht. Als Nachtportier war er es gewohnt, dass die Zeit während seiner Schicht langsamer zu vergehen schien, doch heute dehnte sie sich ins Endlose.
Das Grandhotel war einmal eine Nobelherberge gewesen, in der alles abstieg, das Rang und Namen hatte. Das Gerücht, dass es hier in den Roaring Twenties zuweilen wüst zugegangen war, hielt sich hartnäckig. Doch diese Zeiten waren schon lange vorbei. Heute glich das Hotel mit seiner verblassten, plüschigen Ausstattung in Gold- und Rottönen eher einer Absteige der übleren Sorte. Die Wandbespannung hätte dringend einmal erneuert werden müssen und auch die durchgesessenen Polstermöbel schienen im Laufe der Jahre sämtliche Gerüche der zahlreichen Gäste inhaliert und konserviert zu haben. Entsprechend miefig war die Luft im ehemals so grandiosen Foyer.
Mathias beschloss, seinen Arbeitsplatz für einen Augenblick zu verlassen, um eine Zigarette zu rauchen. Die Gefahr etwas zu verpassen, erschien ihm gering. In diesem Hotel geschah nachts nie etwas, jedenfalls nicht, seit er vor knapp einem Jahr den Job angenommen hatte.

Fröstelnd stellte er den Kragen seines Jacketts auf, denn die nasskalte, nebelige Novembernacht umfing ihn, sobald er einen Schritt durch die protestierend quietschende Pendeltür gemacht hatte. Hastig zündete er sich die Zigarette an und inhalierte gierig den Qualm.
„Darf ich?"
Er hatte sie nicht kommen sehen. Sie stand plötzlich vor ihm, nahm ihm die Zigarette aus der Hand, steckte sie sich zwischen die knallrot gefärbten Lippen, nahm einen tiefen Zug. Fasziniert musterte Mathias sie. Er registrierte das schöne, perfekt und doch etwas zu grell geschminkte Gesicht, die kurvenreiche Figur, welche durch hautenge Kleidung aufreizend zur Geltung kam. Doch das Auffälligste an ihr war die rotblonde Mähne, die ihr wirr fast bis zur Hüfte reichte.
Sie lachte, gab ihm die Zigarette zurück. „Ich möchte einchecken", mit diesen Worten betrat sie das Hotel, ohne sich weiter um den Portier zu kümmern.
Mathias trat achtlos die Zigarette aus und folgte ihr atemlos. Sie stand im Foyer, breitete plötzlich die Arme aus und machte eine Pirouette. Drehte sich selbstvergessen, lachte ihr kehliges Lachen. Kam, ja, schwebte förmlich zur Rezeption.
„Ich möchte einchecken", wiederholte sie. „Ich war lange nicht hier, doch es ist schön

wie immer."

Wie in Trance griff Mathias hinter sich, nahm einen Schlüssel vom Board.

„Sie haben die Zimmernummer 233", murmelte er.

Sie lächelte ihn an. „Ich weiß", und setzte sich mit wiegenden Hüften in Richtung Fahrstuhl in Bewegung.

Mit ihrem Abgang legte sich auch Mathias Verwirrung. Während er die Kaffeemaschine in Gang setzte, dachte er über den seltsamen Gast nach. Sie hatte kein Gepäck gehabt, war einfach ins Hotel spaziert und hatte nach einem Zimmer gefragt, mitten in der Nacht. Etwas Derartiges hatte er bislang in seiner Zeit als Nachtportier noch nicht erlebt. Seltsam, dass ihm das vorhin nicht komisch vorgekommen war. Vielleicht hatte sie nach einer Verabredung Streit mit ihrem Freund bekommen und abrupt die Wohnung verlassen müssen. Er jedenfalls würde eine so tolle Frau immer im Auge behalten. Doch sie war ihm ruhig und gelassen vorgekommen, hatte keinen verängstigten oder traurigen Eindruck gemacht.

Er zuckte mit den Schultern. Eigentlich ging es ihn nichts an, sie würde schon ihre Gründe haben mitten in der Nacht und ohne Gepäck hier abzusteigen. Nach ihren Personalien würde er sie eben morgen fragen oder es dem Tagportier überlassen.

Während er an dem heißen Kaffee nippte,

setzte sich Mathias wieder auf seinen Stuhl. Er erstarrte, denn der Monitor vor ihm schien plötzlich ein Eigenleben zu führen: Er flackerte, rauschte, zeigte eigenartig gezackte Linien, aus denen sich ein unscharfes Bild heraus kristallisierte. Es zeigte ein Badezimmer. Genauer gesagt eine Badewanne, in der jemand völlig bewegungslos lag, den Kopf unnatürlich angewinkelt, den einen Arm wie zufällig über den Wannenrad gestreckt. Gleichzeitig ertönte ein regelmäßiges Tropfgeräusch, welches das Rauschen übertönte.

Während Mathias fassungslos auf den Monitor starrte, verschwand das Bild, um plötzlich wieder zu erscheinen. Dieses Mal erkannte er sie, sah mit Grausen, wie das Badewasser sich rot färbte. Sah das Blut an ihrem Hals, ihrer Kehle. Sie hatte tatsächlich einen Arm über den Wannenrand gestreckt, von dem aus blutiges Wasser auf den Boden tropfte und das monotone Geräusch verursachte.

Wieder löste sich das Bild auf, machte einem rauschenden Schneegestöber Platz. Mathias hatte die Kaffeetasse fallen lassen, doch das bemerkte er nicht. Wie gebannt starrte er auf den Monitor. Das Rauschen schien den ganzen Raum zu erfüllen. Das Licht flackerte, gleichzeitig hatte er wieder das grausame Bild vor Augen. Jetzt konnte er jedes Detail sehen, bemerkte ihre unver-

wechselbares, rotes Haar, das algengleich an der Wasseroberfläche trieb, sah, dass das Wasser sich dunkelrot gefärbt hatte. Plötzlich wurde der Monitor schwarz, das gruselige Bild war verschwunden.
Mathias schüttelte benommen den Kopf. Was er gesehen hatte war einfach nicht möglich, denn es gab keine Kameras in den Hotelzimmern. Der Computer diente einzig und allein dazu, die Reservierungen, Zimmerbelegungen, die Daten der einzelnen Gäste zu speichern. Was hatte er also um Himmels Willen gesehen? Hatte sein Kollege von der Tagschicht heimlich ein Computerspiel installiert? Das war unwahrscheinlich. War er kurz eingenickt und hatte alles nur geträumt? Er musste sich sofort vergewissern. Mit zitternden Händen wühlte Mathias in der Schreibtischschublade, zog den Generalschlüssel hervor.

Zunächst zögernd, dann heftiger pochte er an der Zimmertür von Nummer 233. Er bekam keine Antwort, nichts rührte sich, alles erschien ihm totenstill. Mathias zitterten die Knie, als er die Zimmertür langsam öffnete. Es war dunkel, das Bett unberührt. Nichts deutete auf eine Bewohnerin hin.
„Hallo, geht es ihnen gut?", rief er, während er sich vorsichtig dem Badezimmer näherte. „Hier ist der Nachtportier, ich wollte...ich habe..."

Er öffnete mit einem Ruck die Tür, doch da war nichts, nur der Wasserhahn der Badewanne tropfte monoton. Von der jungen Frau fehlte jede Spur.
Wie war das möglich?
Er hatte der Frau doch eben den Schlüssel für dieses Zimmer gegeben. Sie hatte das Hotel nicht durch das Foyer verlassen und einen Notausgang gab es nicht. Der Schlüssel, er müsste fehlen! Schnell hastete Mathias wieder an seinen Arbeitsplatz. Doch der Schlüssel mit der Nummer 233 hing an seinem angestammten Platz.

„Du hast wohl eine harte Nachtschicht gehabt, was?" Der Kollege klopfte Mathias aufmunternd auf die Schulter. „Jetzt hast du jedenfalls Feierabend."
Mathias grinste ihn schief an. „Ich glaube, ich habe einen Geist gesehen, wahrscheinlich ist die Nachtschicht doch nichts für mich."
Der Kollege grinste zurück. „Jetzt stell dich nicht so an wie dein komischer Vorgänger. Der hat vor genau einem Jahr die Brocken hingeschmissen. Er meinte eine Tote gesehen zu haben, der Versager. In der Badewanne, das muss man sich mal vorstellen. Das war ein Theater, denn er hat die Polizei alarmiert. Die Bullen haben aber nichts gefunden, natürlich nicht. Der Typ hat einfach gesponnen."

Mathias schluckte. „Jaha", sagte er gedehnt, „wenn man in der Nacht hier sitzt, dann kann man sich schon allerhand zusammen spinnen. Wahrscheinlich bin ich kurz eingenickt und habe schlecht geträumt."
Wieder klopfte der Kollege ihm auf die Schulter. „Immerhin war gestern Halloween, das hast du wohl gar nicht mitgekriegt, was. Wahrscheinlich haben sich irgendwelche Kids einen Spaß daraus gemacht, dich zu erschrecken. Nun stell dich bloß nicht so an. Geister gibt es nicht."
„Eben, Geister gibt es nicht", bestätigte Mathias und nahm sich vor, am ersten November des nächsten Jahres eine Nacht blau zu machen.

Der Billerbecker Bergteufel

„Ich glaube, mein Lieber, du solltest mal wieder etwas für deine Figur tun", sagte meine Frau und tätschelte meinen Bauch mit einem nachsichtigen Lächeln.
Tatsächlich war meine Figur in letzter Zeit ein wenig außer Form geraten. Ich schaute schuldbewusst an mir herunter. Na gut, die Füße waren noch zusehen, doch der Bauch verdeckte den größten Teil meines Gesichtsfeldes, jedenfalls nach unten.
„Du hast Recht, ich werde ab morgen wieder joggen. Warum ich das in letzter Zeit nicht mehr gemacht habe, weiß ich selber nicht so genau."
Meine Frau musterte mich zweifelnd. „Mehr Bewegung würde dir gut tun. Warum fängst du nicht einfach heute damit an?"
„Zunächst muss ich ja wohl ins Büro. Aber vielleicht habe ich nachher noch Zeit. Du kannst mich damit unterstützen, dass du mir einfach einen Salat in den Kühlschrank stellst."
Meine Frau lächelte maliziös, verkniff sich aber jede weitere Bemerkung.

Am späten Nachmittag machte ich mich auf um den guten Vorsatz in die Tat umzusetzen. Einerseits, weil ich wirklich einsah, dass es notwendig war, andererseits, weil ich meiner Frau beweisen wollte, dass ich

noch lange nicht zur Gattung der Couchpotato gehörte. Um nicht unbedingt von den Nachbarn gesehen oder gar belächelt zu werden, fuhr ich ein Stück mit dem Auto in die nahe gelegenen Baumberge. Hier, in der freien Natur, würde mich niemand mit seinen neugierigen Blicken belästigen. Zwar wurde die Gegend, als einzige nennenswerte Erhebung im Münsterland die ‚Billerbecker Alpen' genannt, doch war das eine gnadenlose Übertreibung. Die paar mickerigen Erhebungen würde ich mit Elan und Kraft bezwingen.
Auf dem Parkplatz eines Ausflugslokals stellte ich den Wagen ab und ging gemächlich in Richtung Wald. Bald kam ich auf einen verschwiegenen Weg, machte noch einmal halt, zurrte meine Schnürsenkel fest, stellte den MP3 Player auf volle Lautstärke und spurtete los.
Bereits nach 50 Metern merkte ich, dass es mir wirklich an Kondition fehlte. So verringerte ich meine Geschwindigkeit und verfiel nun in ein schnelles Gehen. Das klappte schon besser. Bald war ich wieder so weit bei Puste, dass ich einen kleinen Zwischenspurt einlegen konnte. Du meine Güte, war das eine Hitze. Die Sportkleidung klebte mir bereits am Körper.
„Von wegen atmungsaktiv", brummelte ich vor mich hin, während ich mich dazu zwang, weiter zu laufen. Nach ein paar Me-

tern schlug mein Herz dampfhammermäßig, der Schweiß rann mir über das Gesicht, ein fieses Seitenstechen ließ mich für einen Moment anhalten. Ich riss mir die Ohrenstöpsel des MP3 Players herunter, der in voller Lautstärke weiterplärrte. Eigentlich sollte mich die Musik motivieren, doch im Moment nervte sie einfach nur.
Wie eine rettende Insel sah ich plötzlich eine verrottete Bank, halb versteckt in einem Gebüsch, am Wegrand stehen. Ich setzte mit letzter Kraft zu einem kurzen Spurt an, um mich auf die wackelige Sitzfläche fallen zu lassen, in der Hoffnung, dass sie mein Gewicht aushalten würde. Ich schloss die Augen, schnaufte kräftig durch und entspannte mich zusehends. In der Ferne hörte ich Hundegebell, die Grillen zirpten, eine plötzliche, fast unwirkliche Ruhe überkam mich. Hier ließ es sich aushalten.
Ich war wohl für einen Augenblick eingeschlafen, denn plötzlich fröstelte es mich. Rund herum war alles totenstill. Ich setzte mich aufrecht und bemerkte erschrocken, dass dichter Nebel aufgezogen war. Gerade, dass ich den Weg erkennen konnte, alles weitere um mich hatte die wabbernden Schwaden verschlungen.
Zögernd stand ich auf und während ich noch orientierungslos überlegte, in welche Richtung ich mich wenden sollte, erklang ein abgrundtiefes Grollen irgendwo im Ne-

bel. Was war das? Es hörte sich fast wie das Gebrüll eines Raubtiers an. Vielleicht ein Bär?
Ich rief mich zur Ordnung. In dieser Gegend war es noch nie zur Sichtung irgendwelcher Raubtiere gekommen, es seine denn, sie wären aus einem Zirkus ausgebrochen. Wieder erklang das ohrenbetäubende Geräusch und ließ mein Innerstes vibrieren. In Panik rannte ich los ohne mir weitere Gedanken über die Richtung zu machen. Hinter mir krachte es im Gehölz. Das klang bedenklich nah. Ich schaute über die Schulter und erkannte ein paar rot glühende Augen, die mich aus beachtlicher Höhe fixierten. Mehr als diese scheinwerferhellen Lichter sah ich im dichten Nebel allerdings nicht. Ich hastete weiter, froh, dass die Bäume so weit auseinander standen, dass ein Durchkommen halbwegs möglich war. Das Raubtier hinter mir schien mit dem Gehölz keine Probleme zu haben, den Geräuschen nach, walzte es einfach alles nieder, was ihm im Weg stand.
Plötzlich lichtete sich der Nebel ein wenig, gleichzeitig kam ich auf eine Lichtung. Mit schmerzender Lunge und noch schmerzhafterem Seitenstechen hielt ich einen Augenblick an, beugte mich vor um wieder zu Atem zu kommen. Seltsam, ich hörte gar keine Geräusche mehr. Weder brach das Raubtier weiter durch den Wald, noch ließ

es sein donnerndes Knurren und Brüllen hören. Vorsichtig stellte ich mich gerade hin, um mich keine Sekunde zu früh auf den Boden fallen zu lassen, denn das Vieh sprang mit einem riesigen Satz auf die Lichtung, direkt auf mich zu. Lange, klauenartige Krallen wischten dort, wo ich gerade noch gestanden hatte durch die Luft. Ein bösartiges Knurren ließ mir die Haare zu Berge stehen. Zu meinem Glück verlor das Wesen, von seinem eigenen Schwung weitergetragen, das Gleichgewicht und landete ein paar Meter weit von mir entfernt im dichten Gebüsch.
Das war meine Chance. Ich rappelte mich auf und rannte, so schnell ich konnte wieder in den Wald und so auch wieder in den Nebel. Hinter mir brüllte die Bestie. Sie durchbrach erneut das Unterholz.
Plötzlich sprang eine ausgemergelte, zerlumpte Person auf den Weg. Sie steckte mir ihre dürren Arme entgegen, winkte heftig. „Hier entlang!"
Wieder ertönte das ohrenbetäubende Gebrüll hinter mir. So überlegte ich nicht lang, sondern folgte dem Klappergestell. Im Notfall würde ich mit dieser Person eher fertig werden als mit dem riesigen Monster.
Wir hasteten so schnell wir konnten weiter. Mir kam es so vor, als würden wir immer tiefer in den Wald vordringen. Seltsam, ich hatte seit meinem Aufwachen und der has-

tigen Flucht keine Wirtschaftsweg, überhaupt keine Zeichen von menschlicher Aktivität gesehen. Es gab um mich herum nichts als Wald. Doch es blieb keine Zeit, um sich zu wundern. Meine Begleitung stoppte abrupt. Sie wies auf eine primitive und dazu noch baufällige Hütte, die vor uns auf einer weiteren Lichtung stand.
„Schnell, in den Kreis", wisperte sie und gab mir einen Stoß, der mich über einen weiten Bogen aus kleinen, hell leuchtenden Steinen stolpern ließ, der sich um die Hütte herum befand.
„Hier bist du sicher, Fremdling", mit diesen Worten zerrte sie mich durch die mit Decken verhangene Tür ins Innere der Behausung.
„Du meine Güte", entfuhr es mir, denn eine so primitive Inneneinrichtung hatte ich selbst im Freiluftmuseum noch nicht zu Gesicht bekommen. In einer Feuerstelle glomm es, sodass die Umgebung sanft erhellt wurde. Über diesem Feuer hing ein zerbeulter Kessel, aus dem es dampfte. Das Mobiliar bestand aus einem roh gezimmertem Tisch und zwei Hockern. In einer Ecke stand eine Art Bett, auf dem sich einige schmutzige Felle befanden, davor befand sich eine primitiv zusammengeschusterte Truhe. Von der Decke baumelten Bündel aus getrockneten Kräutern. Und wie es hier roch! Die Mischung aus ungewaschenen

Textilien, ungewaschenem Körper, der Feuerstelle ohne einen vernünftigen Abzug und weiteren, mir völlig unbekannten Gerüchen raubte mir schier den Atem. Ich versuchte die Wohnstatt wieder zu verlassen, doch die Person trat mir in den Weg. „Das würde ich nicht tun, Fremdling. Du reizt den Teufel nur unnötig, wenn du dich ihm zeigst. Es wird das Beste sein, wenn wir hier ruhig abwarten. Der Steinkreis hält ihn ab, er wird sich bald trollen."

Erst jetzt bemerkte ich, dass es sich bei der zerlumpten Person um eine Frau handelte, die mich aus ihrem verfilzten Haar heraus misstrauisch musterte. „Sprich, was führt dich in diese einsame Gegend."

Ich musterte sie befremdet. Die Figur, welche sich durch ihre Lumpen erahnen ließ, schien gar nicht so schlecht zu sein. Auch das Gesicht erschien mir nicht unübel. Hätte man die Frau länger in einer Badewanne eingeweicht, sie anschließend zum Friseur geschleppt und neu eingekleidet, hätte sie wohl ganz passabel ausgesehen. Doch im gegenwärtigen Zustand erschien sie mir völlig inakzeptabel.

Lebte sie wirklich allein mitten im Wald in dieser schäbigen, stinkenden Hütte? War das, was sie praktizierte eine neue Form von ökologisch einwandfreiem Leben. Und was sollte das Gefasel über einen Teufel. Nun, sie hatte mich vor dem gefährlichen

Raubtier gerettet, wenigstens für den Moment, ich schuldete ihr Dank. Sie setzte sich auf einen der Hocker und ich ließ mich auf die andere wackelige Sitzgelegenheit sinken.
Ich räusperte mich. „Hallo erst Mal. Ich bin der Johannes Wagner. Ich habe gejoggt, da hat mich aus heiterem Himmel das komische Vieh angegriffen. Danke, dass du mich gerettet hast, jedenfalls vorerst. Vielleicht ist das ein genmanipulierter Bär, der aus einer geheimen Forschungsanstalt abgehauen ist. So was kann man heutzutage nie wissen."
Die Frau runzelte verwirrt die Augenbrauen. Offensichtlich hatte ich sie mit meiner Erklärung überfordert.
‚Kein Wunder', dachte ich. ‚Wenn die Tussi schon länger allein hier draußen lebt, dann muss sie ja völlig gaga sein.'
„Noch einmal", begann ich langsam und überdeutlich. „Ich heiße Johannes Wagner und bin ein harmloser Bürger. Das Vieh hat mich beim Laufen angegriffen. Danke für die Rettung."
Das schien sie zu verstehen, denn sie nickte. „Ich heiße Miriam. Johannes, das ist ein guter, christlicher Name. Du bist ein Wagnergeselle auf der Walz? Du musst mächtig vom Wege abgekommen sein wenn es dich hier her verschlagen hat. Um uns herum gibt es nur Wald. Bis zum Flecken Billerb-

eck ist es ein guter Tagesmarsch. Dorthin wolltest du sicher, oder? Du musst durch eine Tat den Bergteufel entfesselt haben. Er ist früh in diesem Jahr."

„Bergteufel, von diesem Tier habe ich noch nie gehört", ging ich auf das komische Gefasel ein. Ich hatte eingesehen, dass ich es mit einer komplett Irren zu tun hatte. Das war allerdings immer noch besser, als von einer riesigen Bestie gejagt zu werden.

Die irre Miriam rollte mit den Augen. „Oh, es ist kein Tier, sondern der Satan selbst, der einmal im Jahr Gestalt annimmt und auf die Jagd geht. Wenn er ein lebendiges Wesen erwischt, so reißt er ihm das Herz aus dem Leib und frisst es. Auch die unsterbliche Seele ist verloren. Sonst ist er zur Tag-und-Nacht-Gleiche unterwegs, doch du musst ihn frühzeitig geweckt haben."

„Das tut mir leid. Ich bin froh, dass wir dem Vieh entwischt sind. Und du meinst, dass wir hier sicher sind?", fragte ich vorsichtshalber noch einmal nach. Sollte Miriam ruhig glauben was sie wollte, ich für meinen Teil würde, sobald ich aus dieser merkwürdigen Nummer heraus war, die Polizei anrufen und ein entwichenes Raubtier melden.

„Der Steinkreis ist uralt", erklärte Miriam. „Schon meine Großmutter lebte hier und sie übernahm die Schutzhütte von ihrer Mutter. Wir leben immer hier und gehen nur in den Flecken, wenn es sich nicht vermeiden lässt.

Wir sind dort nicht gern gesehen."
„Deine Großmutter, so, so", scheinbar hatte ich es mit einer ganzen Familie von verrückten Ökotanten zu tun. „Mit dem Flecken meinst du Billerbeck? Du bist wohl noch nie dort gewesen, was. Das ist eine Kleinstadt mit über zehntausend Einwohnern, über den Daumen jedenfalls."
Miriam musterte mich kurz. „Du scheinst verwirrt zu sein, denn du faselst wirres Zeug."
Sie stand auf, nahm einen langen Holzlöffel und rührte in dem Kessel, der über dem Feuer blubberte, während ich krampfhaft lauschte, ob von draußen noch irgendwelche Geräusche zu hören waren, doch alles blieb still.
„Ich glaube der Tasmanische Teufel ist abgehauen, vielleicht zeigst du mir den Weg zurück. Ich habe mein Auto auf dem Parkplatz am Ausflugslokal ganz in der Nähe geparkt. Jedenfalls ist es das einzige Lokal im Umkreis. Du solltest es kennen", sagte ich zaghaft, denn Miriam guckte mich schon wieder streng an.
„Es ist der Bergteufel, nicht der tatamanische, von dem habe ich noch nie gehört. Aber man kann nie wissen, das Böse lauert überall. Ich weiß nicht, wovon du sprichst und ein Lokal kenne ich auch nicht. Wie ich bereits sagt, ist unseresgleichen nicht wohlgelitten. Meine Mutter ist gar um

ein Haar als Hexe angeklagt worden und hat es nur meinem Vater zu verdanken, dass es nie zum Prozess gekommen ist. Er ist der Schultheiß und liebte meine Mutter, als sie jung und heißblütig war. Ich halte mich von den Menschen fern. Sie kommen zu mir, wenn sie ein Anliegen haben oder krank sind. Ich versuche zu helfen, aber sonst will ich nichts mit ihnen zu tun haben."

Ich schwieg verblüfft, denn was Miriam erzählte, hörte sich so an, als ob sie im Mittelalter leben würde. Entweder hatte ich es tatsächlich mit einer komplett verrückten Person zu tun - oder...

‚Nein', ich verbot mir jeden weiteren Gedanken in dieser Richtung. Ich hatte zwar den Film „Timeline" dreimal hintereinander gesehen und fand das Mittelalter interessant, doch befand ich mich sicherlich nicht auf einer Zeitreise.

Miriam hatte inzwischen zwei Schüsseln und zwei Holzlöffel aus der Truhe gekramt und füllte sie mit dem Gebräu aus dem Kessel.

„Iss ein wenig Suppe", sagte sie mit sanfter Stimme. „Vielleicht hast du auf deiner Flucht einen Schlag auf den Kopf bekommen und redest deshalb irre."

Gehorsam löffelte ich die Suppe, die gar nicht so schlecht schmeckte. Auch an den Geruch in der Hütte hatte ich mich gewöhnt und streckte die Füße aus.

„So ist's recht", hörte ich Miriam flüstern. „Iss und ruh dich aus, alles Weitere wird sich fügen."

Ich wachte auf und wusste einen Augenblick nicht, wo ich mich befand. Als ich mich jedoch auf sie Seite drehte, war mit einem Schlag die Erinnerung wieder da, denn Miriam lag völlig unbekleidet neben mir. Sie schaute mich mit großen Augen ernst an. „Johannes der Wagner, so bist du also endlich aufgewacht. Der Teufel hat wohl ein anderes lebendiges Wesen verschlungen, während du schliefst, denn er ist nicht wieder aufgetaucht. Nun, da die Gefahr fürs Erste vorbei ist will ich dich aus dem Wald führen, sodass du deinen Weg fortsetzen kannst, denn ich benötige dich nicht mehr."
Hastig stand ich auf und schlüpfte in meine Sachen, die fein säuberlich gefaltet auf einem Hocker lagen. Als ich mich umdrehte, war Miriam bereits wieder angezogen. Sie schob die Decken beiseite, welche die Eingangstür bedeckte. Ohne sie anzusehen ging ich hinaus und sog die kalte Nachtluft gierig ein. Der Vollmond leuchtete am Himmel, tauchte die Umgebung in sein sanftes Licht, ließ die Steine des Kreises glitzern. Miriam stapfte bereits in Richtung Wald und ich folgte ihr hastig. Wir gingen eine ganze Weile still hintereinander her, bis sie abrupt anhielt.

„Von hier an müsstest du den Weg von allein finden."
Ich schaute genauer hin und sah genau vor mir eine verrottete Bank, halb im Gebüsch versteckt am Rande eines Weges stehen.
„Aber das ist ja, hier habe ich gesessen, genau hier", stammelte ich.
Miriam lächelte geheimnisvoll. „Ja, hier hast du wohl gesessen."
„Das gibt es doch gar nicht. Von hier aus ist es nicht mehr weit..."
Sie unterbrach mich, indem sie eine Hand sanft auf meinen Mund legte. „Leb wohl, Johannes, der Wagner, pass auf dich auf, der Teufel vergisst niemals." Sie wandte sich ab. Während sie im Wald verschwand, gleichsam mit ihm verschmolz, hörte ich, wie sie „Ich werde meine Tochter Johanna nennen", murmelte.
Ich ließ mich auf die vergammelte Bank sinken, die bedenklich knarzte. Die kühle Nachtluft ließ mich frösteln. Doch es war eine andere Kälte, denn plötzlich war alles um mich totenstill, gleichzeitig hörte ich ein abgrundtiefes Grollen.
„Nicht schon wieder!", mit einem Satz sprang ich auf und rannte den Weg entlang, während der Bergteufel hinter mir durch das Gesträuch brach. Ein Blick über die Schulter überzeugte mich, dass ich es schon wieder mit der Bestie zu tun hatte. Zum Glück war es nicht weit bis zum Parkplatz.

Jetzt, mitten in der Nacht war alles menschenleer. Ich erreichte mein Auto, tastete nach dem Schlüssel. Tatsächlich hatte ich ihn in der Hosentasche und drückte mit zitternden Fingern den Knopf der Fernbedienung. Im Stillen dankte ich dieser technischen Errungenschaft. Es war zu bezweifeln, dass ich den Schlüssel in das Schlüsselloch bekommen hätte, so sehr schlotterte ich am ganzen Körper.
Gerade als ich den Wagen startete, sprang mir der Teufel vor die Motorhaube. Ich konnte ihn für einen Augenblick richtig sehen. Schlammig graues Fell bedeckte seinen riesigen Körper, der halslos in einen massigen, mit zwei spitzen Hörnern bewehrten Kopf überging. Er riss das geifernde Maul auf, brüllte markerschütternd, während er ausholte und mit seinen messerscharfen Krallen über meine Motorhaube fuhr. Das Metall kreischte auf, im gleichen Moment drückte ich das Gaspedal durch. Der Wagen machte einen Satz nach vorne. Damit hatte der Teufel nicht gerechnet, er sprang zur Seite, strauchelte, fiel kopfüber ins Gebüsch. Ich nutzte die Gunst der Minute und raste vom Parkplatz auf die Straße ohne mich noch einmal umzuwenden.

Als ich zum zweiten Mal an diesem verrückten Tag aufwachte, lag ich zu Hause in meinem Bett. Vorsichtig bewegte ich mich.

Sämtliche Glieder waren noch vorhanden, auch mein Bauch, leider. Wie war ich bloß nach Hause gekommen? Ich wusste es nicht mehr. Hatte ich all die merkwürdig schrecklichen Erlebnisse nur geträumt? Ich stand auf und wollte ins Badezimmer, doch meine Frau fing mich ab.
„Ist wohl spät geworden gestern, was?", fragte sie spitz. Ohne eine weitere Erklärung zerrte sie mich in die Garage und wies anklagend auf unser Auto. „Ich wollte gerade zum Einkaufen fahren. Sieh dir das an, was hast du bloß gemacht?"
Ich rieb mir die Augen, doch das Bild veränderte sich nicht: Quer über die Motorhaube zogen sich einige ausgefranste Schlitze. „Also, na ja", ich suchte verzweifelt nach einer Erklärung. „Also, ich bin gestern Abend nach dem Joggen irgendwie in einen Busch gefahren und da war irgendwas aus Metall drin."
„So, so, ein Busch aus Metall", meine Frau musterte mich von oben bis unten. „Ich bin gespannt, wie du das der Versicherung erklärst, mein Lieber. Das könnte teuer werden, aber nur für dich!"
Ich zuckte die Achseln. Welchen Wert hat schon eine Motorhaube, wenn es um das Überleben geht. Im Hinausgehen hörte ich mich „Übrigens ist Johanna ein schöner Name für unsere Tochter", murmeln.

Die Götter, die ich rief

1882 Kairo, Ägypten

"Ich habe es mit eigenen Augen gesehen. Für einen kurzen Augenblick habe ich es sogar in der Hand gehalten, das goldene Buch, dann hat es mir Professor Smith, der Ausgrabungsleiter entrissen", hier seufzte Henry resigniert. „Ich würde alles dafür tun, dieses Kleinod zu besitzen die Hieroglyphen zu entziffern."
„So, so, alles?", fragte sein Gegenüber interessiert.
Henry sah ihm in die verschlagenen Augen. „Ja, alles. Egal was es mich kostet."
„Ich werde sehen, was ich tun kann. Allerdings brauchte ich einen Vorschuss. 500 Pfund wären wohl angemessen, denke ich. Bei Erfolg würde ich noch einmal 1500 Pfund bekommen."
Henry blies die Backen auf, denn 2000 Pfund waren eine ziemliche Summe Geld, doch das war es ihm wert.
Seit er das goldene Buch berührt hatte, konnte er nur noch daran denken. Selbst im Traum verfolgte ihn das kostbare Teil. Wie oft er in letzter Zeit zitternd und schweißgebadet aufgewacht war, konnte er gar nicht mehr sagen. Der Traum war immer gleich: Er griff nach dem Buch, doch entglitt es ihm und fiel in einen schwarzen Ab-

grund, war für immer unerreichbar für ihn, der sich danach verzehrte.

„Abgemacht, 500 Pfund sofort, 1500 Pfund, wenn ich das Buch in Händen halte. Den Vorschuss bezahle ich Ihnen gleich aus", er hielt dem Ägypter die Hand hin, doch dieser übersah sie geflissentlich. Er stand mit katzenhafter Geschmeidigkeit auf und neigte ironisch den Kopf. „Effendi, das Buch ist so gut wie in Ihrem Besitz."

In den nächsten Tagen war Henry zu nichts zu gebrauchen. Selbst in seinem Kairoer Lieblingsclub war er nicht in der Lage zu entspannen, was ihm bis dato noch nie passiert war. Als Weltenbummler, Hobbyarchäologe und Erbe eines beträchtlichen Vermögens hatte er schon so manches Abenteuer bestanden, doch dieses Mal war alles anders. So souverän er auch sonst auftrat, so selbstsicher er in der Regel war, in diesem Fall fühlte er sich völlig überfordert.

Alles hatte ganz harmlos angefangen: Er war für eine Weile zu Hause und langweilte sich wieder einmal schrecklich. Hinzu kam, dass ihm London im Herbst so überhaupt nicht bekam, wie er schon mehrfach festgestellt hatte. Der ständige Nieselregen schlug ihm aufs Gemüt, machte ihn unruhig und depressiv.

Die Rettung kam in Form einer Anfrage. Man wollte Ausgrabungen durchführen, die

einen Tempel des Sonnengottes Ra freilegen sollten und suchte noch Geldgeber, die als Gegenleistung an dem Vorhaben teilnehmen konnten. Henry kannte Professor Smith gut, hatte sich schon einige Male an derartigen Projekten beteiligt und sich pudelwohl dabei gefühlt.
Nicht, dass er, wie die anderen Teilnehmer, im Dreck wühlte. Das war nicht seine Art. Er schaute den Leuten lieber über die Schulter und gab ihnen gute Ratschläge.
Gleich bei seiner Ankunft spürte er das besondere Flair, das die Ausgrabungsstätte umgab, das ihn sogar dazu brachte, selbst Hand anzulegen.
Er konnte es nicht fassen, als er in einer eher entlegenen Ecke des abgesteckten Terrains fündig wurde. Andächtig befreite er den Gegenstand von Sand und Dreck. Er stellte fest, dass er ein Buch gefunden hatte, das aus goldenen Platten bestand. In diese Platten waren Hieroglyphen eingraviert worden. Ehe er einen genaueren Blick darauf werfen konnte, baute sich Smith vor ihm auf.
„Darf ich ..." Ohne auf den wiedersprechenden Henry zu achten riss er diesem den wertvollen Gegenstand aus der Hand und eilte davon. Für einen Moment fühlte sich Henry wie betäubt, dann macht sich eine seltsame Leere in ihm breit. So, als hätte er für einen Moment das Glück in den Händen

gehabt, das ihn nun verlassen hatte. Er eilte dem Professor nach, doch bekam er das Buch nicht wieder zu Gesicht. Auch sein Einwand, dass er das Kleinod schließlich gefunden habe fruchtete nicht. Ihm wurde jegliche Ansicht verweigert, Smith hütete das Buch wie seinen Augapfel, untersuchte es allein, ließ niemanden in seine Nähe. Frustriert verließ Henry die Ausgrabungen und nahm sich vor, das goldene Buch unter allen Umständen in seinen Besitz zu bringen, egal was es ihn kosten würde.
Er nahm Kontakt zu einem berüchtigten Ägypter auf, der einen zweifelhaften Ruf als Grabräuber und Hehler hatte. Es ging das Gerücht, dass dieser Mann alles beschaffen konnte, wenn nur der Preis stimmte. Nun, man würde sehen, ob die Gerüchte stimmten.

Der Raum lag in einem unangenehmen Halbdunkel. Henry blinzelte irritiert, versuchte so gut es ging etwas zu erkennen. „Haben Sie es", stammelte er und schaute gespannt auf die schemenhafte Gestalt, die sich jetzt aus einem Sessel erhob. „Ja, aber der Preis hat sich erhöht."
Henry schluckte. „Zeigen Sie es mir zuerst. Dann reden wir über den Preis." Er steckte begehrlich die Hände aus. Ein trockenes Lachen ertönte. Der Mann schaltete eine

Stehlampe an, wies auf einen kleinen Tisch, auf dem ein in Stofffetzen gewickelter Gegenstand lag. Henry trat näher, nahm das Paket in die Hand, schlug den Stoff auseinander. Er taumelte, denn in den Lumpen befand sich wirklich das Buch. Ehrfürchtig fuhr er mit der Hand darüber.
„Was wollen sie letztendlich dafür", murmelte er.
Wieder lachte der Ägypter auf. „Es war schwieriger als ich dachte, an das Ding zu kommen. Leider musste ich Professor Smith ... sagen wir mal für immer von der Bildfläche verschwinden lassen. Ich will 2500 Pfund. Aber das ist noch nicht alles." Er verstummte, sah das Buch mit einem begehrlichen Blick an.
Henry drückte es gegen die Brust. „In Ordnung, 2500 Pfund. Sagen sie schon, was sie sonst noch wollen und dann verschwinden Sie."
„So nicht, mein Freund", fuhr der Ägypter auf. „Ich habe die Hieroglyphen von einem ...", er zögerte, „... von einem Freund entziffern lassen. Er konnte nicht alles verstehen, doch geht es wohl um ein geheimes Grab, in dem große Kostbarkeiten zu holen sind. Sicher handelt es sich um Gold und Edelsteine. Ich will mit in dieses Grab und ich will die Hälfte von allem was wir dort finden."

Henry maß sein Gegenüber mit einem finsteren Blick. Dass ein Anderer das Buch geöffnet, vielleicht mit den Fingern über die herrlichen Gravierungen gefahren war, erschien ihm unerträglich. Er straffte sich. „Zuerst muss ich mich selbst davon überzeugen, ob es einen Hinweis auf ein verstecktes Grabmal gibt", erklärte er kategorisch. „Dann sehen wir weiter."
Wie aus dem Nichts hatte der Ägypter eine Pistole in der Hand. „Setzen Sie sich, schauen Sie sich die Zeichen in Ruhe an. Lassen Sie sich ruhig Zeit damit, doch Sie werden diesem Raum nicht verlassen, ohne mir eine Zusicherung gegeben zu haben. Bedenken Sie: ich kann Ihnen von großem Nutzen sein, denn ich habe Kontakte, von denen Sie lieber nichts wissen wollen."

Henry setzte sich resigniert auf einen Felsbrocken. Sie suchten die kahlen Wände der Höhle seit Stunden ab, ohne fündig zu werden, dabei wusste er genau, dass sie kurz vor dem Ziel waren.
Er hatte an jenem denkwürdigen Nachmittag die Hieroglyphen in dem goldenen Buch mühelos entziffert und das noch oft getan. Fast war es so, als würden die Worte von ganz allein in seinem Kopf gebildet werden. Inzwischen konnte er den Text auswendig.

Er wies exakt auf diese Höhle im Tal der Könige hin. Hier sollte Hathor, die schönste aller Göttinnen in einem goldenen Sarkophag begraben sein und mit ihr ein unermesslicher Schatz, ganz so, wie es der Ägypter gesagt hatte. Natürlich gab es auch eine Warnung, in der von Strömen von Blut die Rede war. Doch das störte weder Henry, noch seinen Begleiter. Die beiden hatten sich zu einer Zweckgemeinschaft zusammengetan. Während Henry seine archäologischen Kenntnisse einbrachte, hatte der Ägypter sie unauffällig ins Tal der Könige geschleust und mit dem nötigen Equipment versorgt, das wiederum Henry finanziert hatte.

Mit einem Seufzer setzte sich sein frischgebackener Kompagnon neben ihn.

„Warum nehmen wir eigentlich nicht einfach einen Vorschlaghammer, statt stundenlang vorsichtig an den Wänden herum zu klopfen? Du nimmst das Gewäsch von irgendwelchen Blutströmen doch wohl nicht ernst? Im Notfall habe ich das hier." Er klopfte sich mit einem Grinsen an das Pistolenhalfter.

Plötzlich schien sich in der Höhle eine unangenehme Kälte breit zu machen. Henry erschauerte und stand auf. „Ich will noch einmal hier vorne anfangen", mit diesem Worten nahm er das Stemmeisen und machte sich vorsichtig an die Arbeit.

Plötzlich erstarrte er, denn das Klopfgeräusch hörte sich eindeutig nach einem Hohlraum hinter einer dünnen Mauer an. „Komisch, vorhin habe ich nichts bemerkt", murmelte er und klopfte probehalber noch einmal.
„Weg da!" Der Ägypter schob ihn kurzerhand zur Seite und bearbeitete die Wand mit wilden Hammerschlägen. Henry tat es ihm gleich. Nach und nach wurde ein eckiger Hohlraum sichtbar, dessen gegenüberliegende Wand mit zahlreichen Fresken geschmückt war, die einen Durchgang umrahmten. Henrys Nackenhaare sträubten sich, eine Welle aus Angst, ja Panik überrollte ihn. Der Vorschlaghammer fiel ihm aus der Hand, polterte zu Boden.
„Worauf wartest du, verdammt", schrie der Ägypter aufgeregt und zerrte ihn hinter sich her. Der Augenblick der Panik war vorbei, auch Henry erfasste eine aufgeregte Vorfreude. Sie kletterten in den Hohlraum, stürmten durch den Durchgang und kamen in eine große Kammer, in deren Mitte ein riesiger steinerner Sarkophag stand.
Der Ägypter zündete eine Fackel an. „Was soll das? Wo ist das Gold, wo die Edelsteine?", er sah sich enttäuscht um. Tatsächlich war der Raum, bis auf den schmucklosen Sarkophag leer.
Wütend trat er gegen den steinernen Sarg. „So ein Mist, alles leer, bis auf die dämliche

Kiste. Halt das mal." Er drückte Henry die Fackel in die Hand und setzte die Brechstange an. „Mal sehen, was drinnen ist. Vielleicht ist das Ding voller Gold."

Henry steckte die Fackel in eine Spalte im Fels. „Sollten wir den Sarkophag wirklich jetzt und hier öffnen?", sagte er zögernd.

Der Ägypter maß ihn mit einem zornigen Blick. „Was ist mit dir los? Erst setzt du alle Hebel in Bewegung, um das Buch zu kriegen und das Grab zu finden, jetzt willst du kneifen? Steh hier nicht so trottelig herum, sondern hilf mir gefälligst. Los, bei drei heben wir an."

Henry fügte sich und unter größter Kraftanstrengung gelang es ihnen, den Deckel zu bewegen. Schließlich polterte er zu Boden und zerbarst mit einem Donnerschlag. Henry fuhr zurück, heiße Wellen überliefen ihn, seine Knie zitterten. Zögernd trat er wieder näher, beugte sich vor und schnappte nach Luft. Im steinernen Sarkophag befand sich ein weiterer aus purem Gold, geschmückt mit unzähligen Edelsteinen.

„Na also", flüsterte der Ägypter vor Gier und Anspannung zitternd. „Dann wollen wir doch mal sehen, was in dieser Kiste steckt. Bestimmt ist sie randvoll mit Juwelen. Los, pack mit an." Wieder setzte er die Brechstange an.

Henry erschauerte, so heiß ihm noch vor einem Moment gewesenen war, jetzt bibberte er vor Kälte. Doch das hielt ihn nicht ab, sich am Deckel des Sarkophags zu schaffen zu machen. Der Atem entwich den beiden Grabräubern in kleinen weißen Wolken, sie beachteten es nicht. Wie besessen arbeiteten sie. Schließlich ließ sich der Dackel öffnen. Sie hoben ihn ab und legten ihn beiseite.

Ein gespenstisches Leuchten, das aus dem Inneren des Sarkophags kam, tauchte die Grabkammer in unheimliches Licht. Nebel schlängelte sich, es wurde eisigkalt. Weder Henry noch der Ägypter spürten die Kälte, sie starrten gebannt auf die Frau, von der das Licht auszugehen schien.

Sie war schön, sinnlich, sehr jung, doch zugleich wirkte sie uralt. Die Augen hielt sie geschlossen, langes, blauschwarzes Haar fiel ihr bis zu den Hüften. Sie trug ein dünnes goldenes Gewand, unter dem sich ihre perfekten Kurven abzeichneten. Die mit goldenen Reifen geschmückten Arme hielt sie vor der Brust verschränkt. Auf dem Kopf trug sie ein kostbares Diadem.

Das geisterhafte Licht verblasste, bis nur noch das Licht der Fackel den Raum erhellte.

„Das ist doch ..." Der Ägypter starrte verblüfft in den Sarkophag. „Sie kann noch nicht lange tot sein. Wie eine Mumie sieht sie jedenfalls nicht aus", stellte er fest und griff nach dem Diadem.

Unerwartet hab die Frau ihre Lider. Katzenaugen fixierten den Ägypter, der erschrocken die Hand zurückzog. Sie setzte sich langsam auf, fixierte nun Henry mit ihren smaragdgrünen Augen, schien sein Innerstes zu durchleuchten.
Wie in Trance trat er näher, steckte die Hand nach ihr aus. Ihre Hand war eiskalt, die Berührung ließ ihn erschauern, doch konnte er sich ihr nicht entziehen. Er half ihr aus dem Sarkophag, dann schritt sie zum Ausgang, verließ die Kammer.
Inzwischen war es Nacht geworden, durch den Eingang der Höhle sah man die Sterne funkeln. Henry und der Ägypter folgten ihr gebannt.
Sie stand im Höhleneingang, hob die Arme. Ihr Diadem und die Armreifen glühten auf, zeigten leuchtende Ornamente. Plötzlich drehte sie sich mit katzenhafter Anmut um, packte den Ägypter an der Kehle, riss ihn von den Füssen.
Er schnappte nach Luft, versuchte sich dem Griff zu entziehen, doch gelang es ihm nicht. Die Augen quollen hervor, er riss den Mund auf, um zu schreien, doch kein Ton entrang sich seiner Kehle. Mit einem Biss hatte sie die Halsschlagader geöffnet, trank gierig das warme Blut.
Als sie satt war, ließ sie ihn achtlos fallen, als wäre er eine Puppe. Sie wandte sich

Henry zu, sah ihn aus rotglühenden Augen an, lächelte.
„Deinen Gefährten brauche ich nicht, doch du bist mir von Nutzen, Sklave. Folge mir."
Sie wandte sich ab, verließ die Höhle.
Henry folgte ihr taumelnd. „Was haben wir nur getan", dachte er, bevor der Wahnsinn ihn überkam.

Seelenschwestern

Gemeinsam, lautlos, verwegen, vom Wind getragen, vom Geheul der Wölfe begleitet gleiten sie durch die mondlose Nacht. Doch noch schwärzer als die Dunkelheit ist ihr magisches Ziel. Die Burg des finsteren Dämonen ist es, in die sie sich einschleichen wollen.

Der silberne Herrscher, er war fort. Solange schon. Geschlagen von der dämonischen Macht der Dunkelheit. Triumphierend hatte der finstere Dämon vor ihm gestanden, umgeben von seinen missgestalteten Schergen.
„Dein Reich wird ewig mir gehören!" Der Dämon reckte sein Schwert, geschmiedet aus Lüge, Gewalt und Unbarmherzigkeit in die Höhe.
Der silberne Herrscher blickte ihm furchtlos in die Augen. „So sei es, du hast mich mit deiner Tücke besiegt, doch es bleibt ein Hoffnungsschimmer. Deine Macht wird nicht ewig währen. Es gibt die Prophezeiung."
Der Dämon brach in dröhnendes Gelächter aus. „Mein ist der Sieg. Du bist verbannt aus dem Reich, das jetzt mir gehört. Von nun an soll ewige Finsternis herrschen. Jedes Wesen des Lichtes wird untergehen, dessen sei gewiss. Du kannst niemanden mehr schützen. Glaube du nur die Prophezeiung, sie wird sich niemals bewahrheiten. Verzweifle

an deiner Hoffnung. Es wird nicht geschehen, dass der Zauber mich besiegt, den Wesen der Nacht nicht beherrschen können."
Schweigend wandte sich der silberne Herrscher ab, begab sich in die Verbannung, ließ das Amulett der Macht zurück, hatte es schon vor langer Zeit dem Eulenvolk anvertraut.
Mit ihm schwanden die unbekümmerten Tage, die leuchtend und glücklich waren. Die Sonne versank, machte der ewigen Dunkelheit Platz. Ihr folgten Sturm und Donnergrollen, doch nicht ein einziger Blitz erhellte das Dunkel.

Jahrhunderte vergingen, dann geschah das Wunder. Zwei Eier im Nest, makellos, schneeweiß. Sollte sich die Prophezeiung nach so langer Zeit erfüllen?
Es hieß, dass zwei Schwestern kommen würden, welche die Macht des finsteren Dämons brechen würden. Zwei Schwestern weiß, makellos und stark, seelenverwandt und rein mussten sie sein. Sorgsam behütete das Volk der Eulen das Muttertier, warteten. Als die Küken schließlich schlüpften, waren es Weibchen.
Stark mussten die Schwestern nun werden. Kräftig genug, um das Amulett der Macht zu tragen. Das Amulett, in dem ein Sonnenstrahl verborgen war.
Das Eulenvolk wachte über sie, schützte sie,

bis sie Macht und Stärke erlangt hatten. Bis die Eine die Seele der Anderen als die eigene erkannte. Bis die Schwestern zu einer Einheit verschmolzen, sich Verantwortung und Verwegenheit die Waage hielten.

Gemeinsam, lautlos, verwegen, vom Wind getragen, vom Geheul der Wölfe begleitet gleiten sie durch die mondlose Nacht. Doch noch schwärzer als die Dunkelheit ist ihr magisches Ziel. Die Burg des finsteren Dämonen ist es, in die sie sich einschleichen wollen. Lange haben sie auf diesen Moment gewartet. Sich gemessen mit dem Alten und Weisen. Nun sind sie bereit.
Synchron ist ihr Flügelschlag, blind das Verstehen. In ihren Krallen tragen sie das Amulett der Macht. Lautlos kommen sie durch das Fenster. „Bereit, Schwester", ein Raunen.
„Du weißt es", die Antwort zart wie ein Lufthauch.
Der finstere Dämon erwacht, fährt hoch. Es ist zu spät, der Sonnenstrahl trifft sein Auge, verbrennt es. Er schreit vor Schmerz und auch vor Zorn über seine Niederlage. Die ewige Nacht neigt sich dem Ende zu. Und mit dem ersten Sonnenstrahl kommt der silberne Herrscher zurück.

Die gläserne Welt

Fasziniert betrachtete Jonathan die unzähligen gläsernen Kugeln, die auf Regalen standen, welche die Wände des Studierzimmers bedeckten.
Er war zum ersten Mal im Turm des Magiers. Normalerweise kümmerte sich einer der anderen Diener um die Gemächer, doch heute, am Tag des großen Festes ging alles durcheinander. So war heute Jonathan angewiesen worden hier die Putzarbeiten zu erledigen. Das hatte er gewissenhaft getan. Bis er in dieses Zimmer kam und die gläserne Pracht erblickte.
Vorsichtig nahm er eine Glaskugel auf und schaute sie genauer an. Er sah eine wunderbare Landschaft. Felder, Wälder und Gehöfte. Auf einem Feld schien ein Bauer den Boden zu beackern. Vorsichtig stellte er die Kugel wieder an ihren Platz und bewunderte eine andere, die einen weitläufigen Marmorbau beherbergte, dessen Türme wie aus reinstem Gold glitzerten. Um diese goldene Pracht herum war eine prächtige Stadt gestaltet worden, mit einer mächtigen Stadtmauer. Alles wirkte so lebendig und echt. Fast spürte Jonathan eine sanfte Brise, die durch die Glaslandschaften strich.
„Magie, das ist echte Magie", flüsterte er andächtig.
Die Glocke schlug zu Mittag und Jonathan

riss sich von dem Zauber los. Er hatte sich schon viel zu lange hier aufgehalten. Eilig stellte er auch diese Glaskugel zurück, packte seine Putzutensilien und machte sich auf den Weg.
Er war so in Gedanken, dass er den Magier erst sah, als dieser direkt vor ihm stand.
„Was machst du hier?"
„Herr, ich bin Jonathan. Ich habe eure Gemächer gereinigt."
„Tölpel, wie du heißt interessiert mich nicht. Du hast also sauber gemacht. In allen Zimmern?"
Jonathan senkte den Blick. „Ja, Herr, in allen Zimmern."
„Und ist dir etwas besonders aufgefallen?"
Jonathan überlegte. Sollte er es wagen?
„Nun, sprich, Bursche."
„Herr, ich habe die Glaskugeln in eurem Studierzimmer bewundert. Sie sind wunderbar."
Der Magier schaute ihn finster an. „Komm mit", befahl er knapp. Jonathan folgte ihm ins Studierzimmer.
„Hast du etwas angefasst?", fragte der Magier nach einem kurzen Blick auf die Regale. Jonathan zitterte. Ihm war klar, dass der Magier eine Lüge sofort erkennen würde. „Ja, Herr", sagte er leise.
„Welche Kugel ist es?", donnerte der Magier. Mit zitternden Händen wies Jonathan auf die entsprechenden Kugeln. „Jede dort und

diese waren es."

Der Magier konzentrierte sich die Glaskugeln. Ein sanfter Schein schien von ihnen auszugehen. „Es ist gut, alles ist im Takt", sagte er schließlich leise.

„Herr", stammelte Jonathan. „Ich habe die Kugeln ganz vorsichtig behandelt ... wirklich. Niemals würde ich es wagen, respektlos mit eurem Werk umzugehen ... verzeiht mir. Die Modelle sind so wunderbar."

Der Magier sah ihn aufmerksam an. „Du hast keine Ahnung", stellte er fest. Dann ließ er die Hand über eine der Kugeln gleiten. Jonathan traute seinen Augen nicht, denn ein Schatten legte sich über die Landschaft, erste Regentropfen fielen. Der Regen nahm zu, Wasser kondensierte an der Oberseite der Kugel.

„Man könnte mich als einen Sammler bezeichnen. Ich sammele ... wie du es nennst ... Modelle. Doch Landschaften bringt es besser auf den Punkt", erklärte der Magier. „Ich bin nun dreihundert Jahre alt und habe alles gesehen, was es zu sehen gibt. Von meinen Reisen habe ich mir die verschiedensten Landschaften mitgebracht. Es ist ein Zeitvertreib ..." Ungeduldig wedelte er mit der Hand. „Nun pack dich, du langweilst mich."

Schnell raffte Jonathan seine Putzutensilien zusammen und verließ den Raum. Draußen atmete er erleichtert auf. Der Regen in der Kugel war sicher eine Illusion. Der Magier hatte sich einfach über ihn lustig gemacht hatte.

Nun, für heute hatte er Feierabend. Er räumte die Sachen ordentlich weg und machte sich auf den Heimweg, ging durch die Stadt, welche die Marmorburg und auch den Turm des Magiers umgab.

So lange er denken konnte, hatte sich hier nie etwas verändert. Jonathan durchquerte die ihm so vertrauten Straßen, kam schließlich durch das Stadttor. Hinter der mächtigen Stadtmauer lagen die ärmlichen Hütten, in denen er und seinesgleichen lebten. Doch an seiner Behausung angekommen, hielt er inne. Plötzlich hatte er Lust, noch eine Weile zu laufen.

‚Vielleicht könnte ich bis zu dem Wald gehen, den ich von hier aus gerade noch sehen kann und dort, im Schatten der Bäume Rast machen', überlegte er.

So packte er etwas Brot und Käse in ein Tuch, fügte einen kleinen Krug Bier hinzu und machte sich auf den Weg. Er wanderte in Richtung der fernen Hügel und des Waldes, wunderte sich, dass ihm niemand begegnete. Fast kam es ihm vor, als würde jedermann nur bis zur äußeren Stadtmauer gehen.

Entschlossen lief er weiter bis sein Weg ein jähes Ende nahm. Er stieß gegen etwas wie eine unsichtbare Barriere. Er steckte die Hände aus, tastete vorsichtig, spürte eine

glatte Oberfläche.
Er wusste nicht, wie lange er so dastand, die Hände auf das Glas gepresst, während seine Welt in Scherben brach ...

Angie Pfeiffer, wurde 1955 in Gelsenkirchen geboren. Sie schreibt Unterhaltungsliteratur in Form von Romanen und Kurzgeschichten für Erwachsene sowie Kinderbücher. Sie hat Romane, E-Books und zahlreiche Kurzgeschichten in Anthologien, Literaturzeitschriften und der Tagespresse veröffentlicht.

<u>Home: angie-pfeiffer.com</u>

Bücher:

Ruhrpottklüngel
Kindheit und Jugend im Herzen des Ruhrgebiets

Ruhrpottliebe
Leben und lieben zwischen Emscher und Rhein-Herne-Kanal

Ruhrpottherzen
ein Roman über Macker und Tussis, Döppken und Blagen, Hallas und Halligalli.

Ruhrpottabschied
Männersuche per Internet

Liebesbriefe
Briefe für ganz besondere Menschen

@Mail Verkehr
Eine humorvolle Liebesgeschichte in E-Mail Form

Relativ verliebt - Liebe online
Liebe per Internet

Wie lange ist für immer?
30 Kurzgeschichten rund um das Ver - und Entlieben.

Dackel Murphys Abenteuer
Ein Roman für große und kleine Tierfreunde

Ein Dackel namens Murphy
Ein Roman für Dackelfans, Hundelfreunde, Katzenliebhaber und tierliebe Menschen

Insel über dem Wind
Spannende, wissenswerte und amüsante Kurzgeschichten rund um das Verreisen

Lustig bei heiter
22 Kurzgeschichten, die zum Schmunzeln, Lächeln oder Lachen verleiten.

Das Buch des Lebens
In der Kürze liegt die Würze, Gedichte, Gedanken, Kurzgeschichten

Menschen(s)kinder
Geschichten über große und kleine Kindern. Von großer Freude und kleinen Kümmernissen. Von mittleren Katastrophen und bewegenden Momenten.

Küsse niemals einen Frosch
Märchenhafte Geschichten

Sieben Leben
Krimis und fantastische Geschichten

Kinderbücher

Wim, der Wumpel
... oder der Kobold aus der Schublade

Flockes Abenteuer
Flocke sucht das Land über dem Regenbogen

Kein Weihnachtsgeschenk für Tim und Kathi
Tim und Kathi besuchen die Märchenwiese

Wer rettet den Wald
Der Hüter des Waldes wird krank,
kann die kleine Fee Lichtlein helfen?